D0496195

André Gide

L'école
des femmes

suivi de

Robert

et de

Geneviève

Gallimard

L'École des femmes

1er août 1928.

Monsieur,

Après bien des hésitations, je me décide à vous envoyer ces cahiers, copie dactylographiée du Journal que m'a laissé ma mère. Elle mourut le 12 octobre 1916 à l'hôpital X..., où depuis cinq mois elle donnait ses soins aux contagieux.

Je ne me suis permis d'y changer que les noms propres. Je vous laisse libre de publier ces pages si vous pensez que leur lecture puisse n'être pas sans profit pour quelques jeunes femmes. Dans ce cas, L'École des femmes serait un titre qui me plairait assez, si vous n'estimez pas indécent de s'en servir après Molière. Il va sans dire que les mots « première partie, seconde partie, épilogue » sont rajoutés par moi.

Ne cherchez pas à me connaître et permettez-moi de ne pas signer cette lettre de mon vrai nom.

Geneviève D...

PREMIÈRE PARTIE

7 octobre 1894.

Mon ami,

Il me semble que c'est à toi que j'écris. Je n'ai jamais tenu de journal. Je n'ai même jamais rien su écrire que quelques lettres. Et je t'en écrirais sans doute si je ne te voyais pas tous les jours. Mais si je dois mourir la première (ce que je souhaite, car la vie sans toi ne me paraît plus qu'un désert), tu liras ces lignes ; il me semblera, te les laissant, te quitter un peu moins. Mais comment songer à la mort quand nous avons devant nous toute la vie ? Depuis que je te connais, c'est-à-dire depuis que je t'aime, la vie me paraît si belle, si utile, si précieuse que je n'en veux rien laisser perdre ; je sauverai dans ce cahier toutes les miettes de mon bonheur. Et que ferais-je chaque jour, après que tu m'as quittée, sinon revivre des instants écoulés trop vite, évoquer ta présence ? Avant de t'avoir rencontré je souffrais, je te l'ai dit, de sentir ma vie sans emploi. Rien ne me semblait plus vain que ces occupations mondaines où m'entraînaient mes parents et où je vois mes amies prendre tout leur plaisir. Une vie sans dévouement, sans but, ne pouvait pas me satisfaire. Tu sais que j'ai sérieusement songé à me faire garde-malade ou petite-sœur des pauvres. Mes parents haussaient les épaules lorsque je leur parlais de cela. Ils avaient raison de penser que toutes ces velléités céderaient lorsque j'aurais rencontré celui dont mon âme pourrait s'éprendre. Pourquoi papa ne veut-il pas admettre aujourd'hui que celui-là, ce soit toi ? Tu vois comme j'écris mal. Cette phrase que j'écris en pleurant me semble affreuse. Aussi pourquoi l'ai-je relue ? Je ne sais si j'apprendrai jamais à bien écrire. En tout cas ce ne sera pas en m'appliquant.

Je disais donc qu'avant de t'avoir rencontré je cherchais un but à ma vie et maintenant tu es mon but, mon occupation, ma vie même et je ne cherche plus que toi. Je sais que c'est à travers toi, par toi, que je puis obtenir de moi le meilleur ; que tu dois me guider, me porter vers le beau, vers le bien, vers Dieu. Et je demande à Dieu de m'aider à vaincre la résistance de mon père ; et, comme pour la rendre plus efficace, j'écris ici ma fervente prière : Mon Dieu, ne me forcez pas à désobéir à papa. Vous savez que c'est Robert que j'aime, et que je ne pourrai jamais être qu'à lui.

A vrai dire, ce n'est que depuis hier que je comprends quel peut être le but de ma vie. Oui, ce n'est que depuis cette conversation, dans le jardin des

Tuileries, où il m'a ouvert les yeux sur le rôle de
la femme dans la vie des grands hommes. Je suis
si ignorante que j'ai malheureusement oublié les
exemples qu'il m'a donnés ; mais j'ai du moins
retenu ceci : c'est que ma vie entière doit être désormais consacrée à lui permettre d'accomplir sa
glorieuse destinée. Naturellement ce n'est pas là ce
qu'il m'a dit, car il est modeste ; mais c'est ce que
j'ai pensé, car je suis orgueilleuse pour lui. Je crois
du reste que, malgré sa modestie, il a une conscience
très nette de sa valeur. Il ne m'a pas caché qu'il
était très ambitieux.

— Ce n'est pas que je tienne à parvenir — m'a-
t-il dit avec un sourire charmant — ; mais je tiens
à faire réussir les idées que je représente.

J'aurais voulu que mon père pût l'entendre. Mais
papa est si buté à l'égard de Robert qu'il aurait pu
voir là ce qu'il appelle de... Non ! je ne veux pas
même l'écrire. Comment ne comprend-il pas que
par de telles paroles ce n'est pas à Robert qu'il fait
du tort mais à lui ? Ce que j'aime en Robert précisément, c'est qu'il n'ait pas de complaisance envers
lui-même, qu'il ne perde jamais de vue ce qu'il se doit.
Près de lui il me semble que tous les autres ignorent
ce que l'on peut vraiment appeler : dignité. Il ne
tiendrait qu'à lui de m'en écraser mais, lorsque
nous sommes seuls, il a souci de ne me la faire jamais
sentir. Même je trouve que parfois il exagère un peu
lorsque, par crainte que je ne me sente trop petite
fille auprès de lui, il s'amuse à faire lui-même l'enfant.
Comme je le lui reprochais hier, il a pris soudain

un air très grave et a murmuré avec une sorte de nostalgie ravissante :

— L'homme n'est qu'un enfant vieilli — en reposant sa tête sur mes genoux car il s'était assis à mes pieds.

Il serait vraiment lamentable que tant de mots charmants, si profonds parfois, si chargés de sens, soient perdus. Je me promets d'en noter ici le plus grand nombre possible. Il aura plaisir à les retrouver plus tard, j'en suis sûre.

C'est tout de suite après que nous avons eu l'idée du journal. Et je ne sais pourquoi je dis : nous. Cette idée, comme toutes les bonnes, c'est lui qui l'a eue. Bref, nous nous sommes promis d'écrire tous deux, c'est-à-dire chacun de notre côté, ce qu'il a appelé : *notre* histoire. Pour moi c'est facile, car je n'existe que par lui. Mais quant à lui, je doute qu'il y parvienne, lors même que le temps ne lui manquerait pas. Et même je trouverais mauvais d'occuper par trop sa pensée. Je lui ai longuement dit que je comprenais qu'il avait sa carrière, sa pensée, sa vie publique, que ne devait pas se permettre d'encombrer mon amour ; et que, s'il devait être toute ma vie, je ne pouvais pas, je ne devais pas être toute la sienne. Je serais curieuse de savoir ce qu'il a noté de tout cela dans son journal ; mais nous avons fait un grand serment de ne pas nous le montrer l'un à l'autre.

— C'est à ce prix seulement qu'il peut être sincère — m'a-t-il dit en m'embrassant non pas sur le front mais exactement entre les yeux, comme il fait volontiers.

Par contre, nous sommes convenus que celui de nous deux qui mourrait le premier léguerait son journal à l'autre.

— C'est assez naturel — ai-je dit un peu sottement.

— Non, non — a-t-il repris sur un ton très grave. — Ce qu'il faut se promettre c'est de ne pas le détruire.

Tu souriais quand je disais que je ne saurais pas quoi y mettre, dans ce journal. Et en effet voici que j'en ai déjà rempli quatre pages. J'ai bien du mal à me retenir de les relire ; mais, si je les relisais, j'aurais plus de mal encore à me retenir de les déchirer. Ce qui m'étonne, c'est le plaisir que déjà je commence à y prendre.

12 octobre 1894.

Robert a été brusquement appelé à Perpignan auprès de sa mère dont il a reçu d'assez mauvaises nouvelles.

— J'espère que cela ne sera rien — lui ai-je dit.

— On dit toujours cela, — a-t-il répliqué avec un grave sourire qui laissait voir combien au fond il était préoccupé. Et je m'en suis voulu tout aussitôt de ma phrase absurde.

S'il fallait enlever de ma vie tous les gestes de ma conversation, toutes les phrases, que je dis et que je

fais par banalité, que resterait-il ? Et dire qu'il a
fallu le contact d'un homme supérieur pour me faire
m'en apercevoir ! Ce que j'admire en Robert, c'est
précisément qu'il ne dit rien et ne fait rien comme
n'importe qui ; et, avec cela, rien en lui de préten-
tieux, de recherché. J'ai longtemps cherché le mot
qui convenait pour caractériser son aspect, ses vêtements, ses propos, ses gestes ; « original » est trop
marqué ; « particulier »... « spécial »... Non ; c'est au
mot « distingué » que je reviens ; et je voudrais qu'on
n'eût employé ce mot pour nul autre. Cette extraordinaire distinction de tout son être et de ses manières,
je pense qu'il ne la doit qu'à lui-même, car il m'a
laissé entendre que sa famille était assez vulgaire. Il
dit qu'il ne rougit pas de ses parents : mais ceci même
laisse entendre qu'une nature moins droite et moins
noble pourrait en rougir. Son père était, je crois,
dans le commerce. Robert était très jeune encore
quand il l'a perdu. Il n'en parle pas volontiers et je
n'ose l'interroger. Je crois qu'il aime beaucoup
sa mère.

— C'est d'elle seule que vous auriez raison d'être
jalouse, m'a-t-il dit lorsque nous ne nous tutoyions
pas encore. Il avait une sœur plus jeune que lui, qui
est morte.

Je veux profiter de son absence et du temps qu'elle
me laisse, pour conter ici comment nous nous sommes
connus. Maman voulait m'entraîner chez les Darblez
qui donnent un thé où l'on doit entendre un violon-
celliste hongrois extrêmement remarquable, paraît-il ;
mais j'ai prétexté une violente migraine pour qu'on

me laisse tranquille et seule... avec Robert. Je ne
comprends plus comment j'ai pu me laisser prendre
si longtemps aux « plaisirs du monde », ou plutôt
je ne comprends que trop que ce que j'en aimais
c'était ce qui flattait ma vanité. A présent que je
ne cherche plus que l'approbation de Robert, peu
m'importe de plaire aux autres, ou c'est à cause de
lui et pour le plaisir que je vois bien qu'il en éprouve.
Mais, en ce temps si proche et qui me paraît déjà
si lointain, quel prix n'attachais-je pas aux sourires,
aux approbations, aux éloges, à l'envie même et à
la jalousie de quelques compagnes après que, sur
un second piano, j'eus (et assez brillamment, j'en
conviens) tenu la partie de l'orchestre dans le cin-
quième concerto de Beethoven tandis que Rosita
exécutait le solo! Je faisais la modeste, mais combien
j'étais flattée de recevoir plus de félicitations qu'elle!
« Rosita, ça n'a rien d'étonnant ; c'est une professionnelle ; mais Éveline... » Ceux qui applaudissaient
le plus étaient des gens qui n'entendaient rien à la
musique. Je le savais, mais acceptais leurs louanges
dont j'aurais dû sourire... Je pensais même : « Après
tout, ils ont plus de goût que je ne croyais. » C'est
ainsi que je me prêtais à cette parade absurde... Si ;
je vois bien l'amusement qu'on y peut prendre :
c'est celui de la moquerie. Mais, dans une société,
c'est toujours moi qui me parais le plus ridicule. Je
sais que je ne suis ni très jolie ni très spirituelle, et
ne comprends pas bien ce que Robert a pu trouver
en moi qui méritât qu'il s'en éprenne. Je n'avais
pour briller dans le monde d'autre ressource que

mon passable talent de pianiste, et, depuis quelques
jours, j'ai abandonné le piano, définitivement sans
doute. A quoi bon ? Robert n'aime pas la musique.
C'est le seul défaut que je lui connaisse. Mais, par
contre, il s'intéresse si intelligemment à la peinture
que je m'étonne qu'il n'en fasse pas lui-même.
Comme je le lui disais, il a souri et m'a expliqué
que lorsqu'on était « affligé » (c'est le terme dont il
s'est servi) de dons trop divers, la grande difficulté
était de ne pas accorder trop d'importance à ceux
de ses dons qui méritaient le moins d'en avoir. Pour
s'occuper vraiment de la peinture, il aurait dû sacrifier trop d'autres choses, et ce n'est pas en peignant,
m'a-t-il dit, qu'il estimait pouvoir rendre le plus
de services. Je crois qu'il veut faire de la politique,
mais il ne me l'a pas dit expressément. Du reste,
quoi que ce soit qu'il entreprenne, je suis certaine
qu'il réussira. Et même ce qui pourrait m'attrister
un peu, c'est de sentir qu'il a si peu besoin de mon
aide pour réussir n'importe quoi. Mais il est si bon
qu'il feint de ne pouvoir se passer de moi, et ce
jeu m'est si doux que je m'y prête sans y croire.

Je me laisse entraîner à parler de moi, ce que je
m'étais pourtant promis de ne pas faire. Combien
l'abbé Bredel avait raison de nous mettre en garde
contre les pièges de l'égoïsme qui sait prendre parfois, nous disait-il, le masque du dévouement et de
l'amour. On aime à se dévouer, pour le plaisir de
penser que l'on est utile et l'on aime à l'entendre dire.
Le parfait dévouement est celui qui ne serait connu
que de Dieu et qui n'attendrait que de Lui le regard

et la récompense. Mais je crois que rien n'enseigne
mieux la modestie, que d'aimer quelqu'un de valeur.
C'est auprès de Robert que je comprends le mieux
ce qui me manque, et, le peu que je suis, je voudrais
l'ajouter à lui... Mais j'étais partie pour raconter
le début de *notre* histoire et d'abord, comment
nous nous sommes rencontrés.

Ç'était il y a six mois et trois jours, le 9 avril 1894.
Mes parents m'avaient promis un voyage en Italie
pour fêter mon prix au Conservatoire ; la mort de
mon oncle et les difficultés de sa succession, à cause
des enfants mineurs, avaient retardé ce projet ; et
déjà j'y avais renoncé, lorsque mon père, tout à coup,
laissant à Paris maman avec ses petites-nièces,
m'emmena passer les vacances de Pâques à Florence.
Nous étions descendus à la pension Girard, que
madame de T... avait eu raison de nous recommander.
Les pensionnaires étaient tous « de bonne société »,
de sorte qu'il n'était pas désagréable de se trouver
réunis à eux à la table commune. Trois Suédois,
quatre Américains, deux Anglais, cinq Russes et
un Suisse. Nous étions seuls Français avec Robert.
On parlait toutes les langues ; mais surtout le français
à cause des Russes, du Suisse, de nous trois, et d'un
Belge que j'oubliais. Aucun des convives n'était
désagréable ; mais la distinction de Robert les
éclipsait tous. Il était en face de mon père, qui se
tient un peu sur la réserve et souvent n'est pas très
aimable avec les gens qui ne sont pas de son milieu.
Comme nous étions les derniers arrivés, il était assez
naturel que nous ne nous mêlions pas aussitôt à la

conversation. Pour moi, j'aurais bien voulu parler,
mais il n'était pas décent que je me montre plus
aimable que papa ; j'imitais donc sa réserve, et,
comme j'étais assise à côté de lui, notre silence,
dans l'animation générale, formait un petit îlot de
froideur. L'amusant c'est que nous ne pouvions
aller nulle part sans rencontrer quelques hôtes de la
pension. Papa se voyait bien forcé de répondre à
leurs saluts et à leurs sourires, et, quand nous
nous mettions à table, tout le monde savait que nous
revenions de Santa Croce ou du palais Pitti. —
« C'est insupportable », disait papa ; mais tout de
même sa glace fondait. Quant à Robert, nous le
retrouvions partout. En entrant dans une église ou
dans un musée, la première chose que l'on voyait
c'était Robert. — « Allons bon ! Encore... », s'écriait
papa. Et d'abord, pour ne pas nous gêner, Robert
faisait semblant de ne pas nous voir, car il était bien
trop fin pour ne pas comprendre que ces rencontres
continuelles irritaient papa. Il attendait donc que
papa consentît à le reconnaître et ne saluait jamais
le premier, par discrétion, feignant d'être absorbé
dans la contemplation d'un chef-d'œuvre. Et parfois
le salut de papa se faisait attendre, car c'est vis-à-vis
de Robert que papa affectait le plus de réserve. J'en
étais même un peu gênée, car cette réserve était
telle qu'elle frisait l'insolence, je puis bien le dire ;
et il fallait tout le bon naturel de Robert pour ne
point s'en formaliser. Mais, comme je ne pouvais
m'empêcher de sourire, il comprenait qu'il n'y avait
pas là de mauvais vouloir, de ma part du moins.

J'avais même beaucoup de mal à ne pas sourire, d'autant plus que papa, se montrait plus froid ; mais heureusement papa ne s'en rendait pas compte, car ceci se passait un peu derrière son dos. Robert avait le bon goût de ne pas montrer qu'il le voyait et de ne jamais m'adresser directement la parole, ce que papa aurait très mal pris. Je me reprochais un peu cette petite comédie qui déjà créait entre Robert et moi, à l'insu de papa, une muette correspondance. Mais quel moyen de l'éviter ?

Ce qui augmentait les réticences de papa, c'est que Robert « n'était pas dans ses idées ». Je n'ai jamais très bien compris qu'elles pouvaient être les idées de papa, car je n'entends rien à la politique, mais je sais que maman lui reproche ce qu'elle appelle son « matérialisme » et que papa n'aime pas beaucoup « les curés ». Quand j'étais plus jeune, je m'étonnais qu'il fût si bon, car il ne va jamais à la messe, et je ne crois pas très juste ce qu'il dit : que « la religion ne rend pas les gens meilleurs ». Maman trouve qu'il est « buté » ; mais je crois qu'il a meilleur cœur qu'elle, et quand ils discutent ensemble, ce qui n'arrive que trop souvent, maman lui parle d'un tel ton que c'est vers lui que va ma sympathie, même quand je ne puis lui donner raison. Il dit qu'il ne croit pas au Paradis ; mais l'abbé Bredel riposte qu'il sera bien forcé d'y croire quand il y sera, car il y ira tout droit et sera sauvé malgré lui. C'est ce que je crois de tout mon cœur.

Que c'est triste, ces divisions, dans des ménages aussi profondément unis que celui de mes parents !

et sur des points où, avec un peu de bonne volonté, il serait si facile de s'entendre! En tout cas rien de pareil à craindre avec Robert, car je ne l'ai jamais vu entrer dans une église sans y prier et il n'a que des idées généreuses et nobles. Je ne puis croire que *La Libre Parole* soit un « mauvais journal », comme le dit papa, qui, lui, ne lit que *Le Temps* ; et j'ai cru que cela allait se gâter, le second jour, à la pension Girard, quand Robert et papa se sont trouvés seuls en face l'un de l'autre dans le fumoir. La porte du salon était grande ouverte et je pouvais les voir, chacun dans un fauteuil avec son journal devant lui. Robert, après avoir parcouru le sien, a eu l'imprudence de le tendre à papa en lui disant quelques mots que je n'ai pu entendre ; mais papa est devenu si furieux qu'il a renversé sur son pantalon clair la tasse de café qu'il avait posée sur le bras de son fauteuil. Robert s'est beaucoup excusé, mais il n'y avait vraiment pas de sa faute. Et, tandis que papa s'épongeait avec son mouchoir, Robert, qui m'avait aperçue dans le salon, a dirigé vers moi une petite mimique très discrète mais très expressive où il exprimait ses regrets, si comiquement que je n'ai pu me retenir de rire et me suis vite détournée, car j'avais l'air de me moquer de papa.

Et voilà que, le sixième jour, papa a eu une crise de goutte... Oh! c'est affreux de se réjouir de cela!... Et naturellement j'avais proposé de rester à la pension pour lui tenir compagnie et lui faire la lecture, mais il faisait très beau temps et c'est lui qui m'a forcée de sortir. Alors j'ai profité de son absence

pour aller voir la chapelle des Espagnols, parce que
lui n'aime pas beaucoup les primitifs. Et naturelle-
lement, j'ai retrouvé Robert là-bas et je n'ai pas su
faire autrement que de lui parler. Mais, après qu'il
s'est étonné de me voir seule et enquis très poliment
de la santé de papa, nous n'avons causé que de peinture. J'étais presque heureuse de mon ignorance
car c'était une occasion pour lui de tout m'expliquer. Il avait avec lui un gros livre, mais n'a pas eu
besoin de l'ouvrir car il sait par cœur le nom de tous
ces vieux peintres. Je ne parvenais pas à partager
aussitôt sa prédilection pour des fresques qui me
paraissaient encore bien informes, mais je sentais
que tout ce qu'il m'en disait était juste, et mes yeux
s'ouvraient à beaucoup de qualités que je n'aurais
pas su apprécier toute seule. Et ensuite je me suis
laissé entraîner par lui au couvent de Saint-Marc,
où il m'a semblé que je comprenais la peinture pour
la première fois. C'était si merveilleux de se perdre
et de s'oublier dans une admiration commune que,
devant la grande fresque de l'Angelico, sans y songer je lui ai pris le bras, ce dont je ne me suis aperçue que lorsque du monde est entré dans la petite
chapelle, où jusqu'à ce moment nous étions demeu-
rés seuls. D'ailleurs Robert ne disait rien que papa
n'aurait pu entendre ; mais pourtant, à mon retour
à la pension, je n'ai pas osé parler à papa de cette
rencontre. Sans doute était-ce mal de lui cacher ce
qui me laissait un tel souvenir que je ne pouvais
plus penser à rien d'autre. Mais quand, un peu plus
tard, je me suis accusée devant l'abbé de ce « men-

songe par omission » il m'a plutôt rassurée ; il est
vrai que je lui apprenais en même temps mes fiançailles. L'abbé sait que papa ne les approuve pas,
mais il sait aussi que ce qui l'empêche de les approuver ce sont les opinions de Robert, et ce sont ces
opinions précisément qui font que maman et que
l'abbé les approuvent. Papa, du reste, est si bon
qu'il n'a pas su résister longtemps, et, comme il
dit, ce qui lui importe avant tout, c'est que je sois
heureuse ; et il ne peut douter de mon bonheur.

Avant de parler de fiançailles j'aurais dû raconter
les derniers jours en Italie ; mais j'ai laissé courir
ma plume, vite, jusqu'à ce mot merveilleux devant
lequel tous mes autres souvenirs pâlissent. Avant
de quitter Florence, Robert avait demandé à papa
la permission de revenir nous voir à Paris. J'avais
tellement peur que papa ne refuse! Mais il se trouve
que Robert connaît très bien nos cousins de Berre,
qui nous ont invités à dîner avec lui, ce qui a beaucoup facilité les choses. Le lendemain, Robert venait présenter ses hommages à maman, et, quelques
jours après, il revenait pour lui demander ma main.
(Comme cette locution me paraît stupide!) Maman
a été d'abord un peu surprise, et je l'ai été bien plus
encore lorsqu'elle m'en a parlé, car Robert ne
m'avait pas encore vraiment fait de déclaration. Il a
beaucoup ri quand je lui ai avoué cela et m'a « déclaré » qu'il n'y avait pas pensé, mais qu'il était tout
prêt à me faire cette « déclaration » si je n'avais pas
encore compris qu'il m'aimait. Puis il m'a prise
dans ses bras et j'ai senti que moi non plus je n'avais

pas besoin de parler pour qu'il comprît que je me donnais à lui tout entière.

On vient d'apporter une dépêche. J'ai laissé maman l'ouvrir, bien qu'elle me fût adressée.

« La mère de Robert est morte », m'a-t-elle dit, et elle m'a tendu la dépêche où je n'ai vu qu'une chose, c'est qu'il me revient mercredi.

13 octobre.

Une lettre de Robert! Mais c'est à maman qu'il écrit! et je crois qu'elle a été sensible à cette marque de déférence. Je comprends que maman désire la conserver, cette lettre, car elle est très belle ; et comme je veux pouvoir la relire, je la copie :

Madame,

Éveline me pardonnera si c'est à vous aujourd'hui que j'écris plutôt qu'à elle. Je voudrais épargner à sa joie le spectacle de ma tristesse, et c'est vers vous que je me tourne pour pleurer. Ce beau nom de *mère*, depuis hier, je ne peux plus le donner qu'à vous seule. Vous permettrez donc sans doute que désormais je reporte sur vous les sentiments respectueux et tendres que j'avais pour celle que je viens de perdre.

Oui, celle qui m'avait donné le jour est morte hier, et je puis dire : entre mes bras. Elle n'a perdu

sa connaissance que quelques heures avant sa fin.
Elle l'avait encore le matin, lorsqu'elle a reçu les
derniers sacrements de la main du prêtre que j'avais
fait appeler. Elle envisageait la mort avec calme et
ne semblait souffrir que de mon propre chagrin. Sa
dernière joie, me disait-elle, a été d'apprendre mes
fiançailles et de songer qu'elle ne me laissait pas
seul sur la terre. Veuillez le redire à Éveline, et que
mon éternel regret sera que maman n'ait pas pu la
connaître.

Agréez, mère, je vous prie, l'assurance de mon
déjà filial et toujours respectueux dévouement.

Robert D...

Mon pauvre ami, je voudrais m'associer à ta tristesse. J'ai tâché d'avoir du chagrin ; mais en vain.
Mon cœur est tout noyé de joie, et tout ce que je
ressens avec toi, même la peine, m'est un bonheur.

15 octobre.

Je l'ai revu. Comme sa douleur est digne et belle !
Je commence à le comprendre mieux. Je crois
qu'il a horreur des phrases toutes faites, car il a
pour me parler de son deuil la même réserve qu'il
avait pour me déclarer son amour. Et même, par
crainte de laisser paraître son émotion, il évite tout
ce qui pourrait l'attendrir. Il n'a même été question
entre nous que de questions matérielles, et avec

maman que de règlement de succession et de la vente que Robert veut faire de la propriété qui lui revient. Il m'est très difficile d'attacher mon esprit à ces choses et je laisse maman s'en occuper avec Robert. J'ai compris que nous serions riches, et je le regrette presque : je voudrais laisser la fortune à ceux qui ont besoin d'argent pour être heureux. Mais il ne s'agit pas ici de bonheur. Robert me dit qu'il aurait toujours assez pour lui-même et qu'il ne considère l'argent que comme une arme pour faire triompher ses idées. Il a eu un long entretien avec l'abbé Bredel, qui dit aussi qu'on n'a pas le droit de repousser la fortune, mais qu'avec elle nous incombe le devoir de l'employer pour le bien.

Pauvre papa! Tout ceci se passe en dehors de lui. Chaque fois qu'il voit entrer l'abbé Bredel :

— Désolé!... Absolument forcé de partir... — dit-il très vite en esquissant un rapide salut.

J'ai toujours peur que l'abbé ne se froisse; mais il est si bon, si conciliant, qu'il feint de prendre au sérieux cette piètre excuse.

— Monsieur Delaborde est toujours aussi occupé — dit-il à maman, qui répare de son mieux l'impertinence en redoublant d'amabilité. Et il me semble qu'avec un peu de bonne volonté papa pourrait si bien s'entendre avec l'abbé! Car il est très bon lui aussi.

— Ma petite enfant, les curés et moi nous n'adorons pas le même Dieu — me répond-il lorsque je tâche de le convaincre. — N'insiste pas, tu me fâcherais. Ce sont des choses que peut-être tu comprendras plus tard, si tu ne ressembles pas trop à ta maman.

Alors je suis bien forcée de lui dire que « ces choses », je souhaite de ne jamais les comprendre, mais que je ne puis approuver les opinions qui divisent des parents que j'aime également. Ce sont bien aussi ces malheureuses *opinions* qui retiennent papa d'approuver mes fiançailles.

— Mon enfant — me dit-il — je ne me reconnais pas le droit de m'opposer à ce mariage et il ne me plaît pas de faire acte d'autorité. Mais ne me demande pas d'approuver une décision que je regrette. Tout ce que je peux faire, c'est de souhaiter que tu n'aies pas bientôt à t'en repentir.

19 octobre.

Ce matin, j'ai demandé à papa ce qu'il reprochait à Robert. Il m'a longuement regardée et a d'abord serré les lèvres sans rien dire, puis :

— Mon enfant, je ne lui reproche rien. Simplement, il ne me plaît pas. Si je te disais pourquoi, tu protesterais, parce que tu l'aimes ; et quand on aime quelqu'un, on ne le voit plus comme il est.

— Mais c'est parce que Robert est comme il est, que je l'aime ! — me suis-je écriée.

— Robert donne le change à l'abbé, à ta mère, à toi, et, je le crains bien, à lui-même aussi, ce qui est encore plus grave !

— Tu veux dire qu'il ne croit pas ce qu'il dit ?

— Mais si, mais si ; je crois qu'il y croit. C'est moi qui n'y crois pas.

— D'abord, toi, papa, tu ne crois à rien.

— Que veux-tu ? Je suis ce que ta mère appelle un sceptique.

Et nous en restons là, car de telles conversations ne servent qu'à nous attrister tous les deux. Pauvre papa! Je compte sur Robert pour le convaincre... avec le temps. Il se montre avec papa si patient, si souple, si adroit... Il a soin d'éviter tous les sujets de conteste (papa aussi du reste). Il appelle une conversation avec papa : la danse des œufs, parce qu'il faut pirouetter habilement parmi les sujets délicats en tâchant de ne pas les frôler. Mais comme je voudrais parfois que papa puisse l'entendre lorsqu'il me parle, lorsqu'il parle quand papa n'est pas là! Devant papa, je sens qu'il s'observe ; mais, dès qu'il se laisse aller, toute sa personne s'anime et il lui arrive de dire des choses si belles que je voudrais les écrire aussitôt. Et il peut être avec cela si spirituel, si drôle... Comme disait Yvonne de Berre, l'autre jour : « On ne peut se lasser de l'entendre. » C'était jeudi dernier ; nous avions déjeuné avec Robert chez nos cousins. Maurice de Berre et papa sont sortis aussitôt après le repas ; alors Robert nous a longuement parlé de Perpignan, des petites rivalités de la vie de province qu'il a si bien pu voir, de tout ce milieu dans lequel il a vécu et où il dit qu'il ne voudrait revivre pour un empire. A l'entendre parler de tous ces gens bizarres qui

formaient la société de ses parents, il me donne le
regret de ne les avoir pas connus ; mais je comprends
que, pour un esprit supérieur comme celui de Robert, une telle compagnie soit étouffante. Par désir
d'échapper à cette atmosphère il voulait d'abord
entrer dans les ordres, car il est de nature très pieuse ;
puis il a compris qu'il pourrait faire plus de bien
en se mêlant à la vie active. L'abbé Bredel l'approuve et je pense avec lui qu'une telle lumière ne
doit pas être « mise sous le boisseau », comme il
dit en citant l'Évangile. Lorsqu'on écoute parler
Robert on souhaite irrésistiblement que beaucoup
puissent l'entendre. Sur ce point je ne puis être
jalouse et le désir d'être seule à jouir de ce trésor
me semblerait impie. Le but de ma vie doit être de
l'aider de toutes mes forces à se produire.

La semaine prochaine nous devons faire ensemble
quelques visites. Je me réjouis de le présenter à nos
amis.

26 octobre.

Je mène depuis quelques jours une vie si agitée...
J'espérais trouver chaque jour un peu de temps
pour écrire dans ce carnet. Mais ce n'est pas seulement le temps qui me manque. Même aux instants
où je me retrouve seule, je ne parviens plus à ce
recueillement qui permette à mes pensées de se
poser. Un tourbillon m'emporte : visites, courses.

dîners, spectacles, où heureusement Robert ne craint pas de m'accompagner malgré son deuil car, comme il dit, les sentiments sincères n'ont que faire des convenances, et je crois du reste que le bonheur de se sentir aimé l'emporte sur sa tristesse. Il m'accompagne chez les fournisseurs et commande pour moi quantité d'objets dont il cherche à me persuader que nous aurons le plus grand besoin. Cela l'amuse tant et sa joie de me gâter est si manifeste que je ne cherche pas trop à l'arrêter. Nous avons choisi ensemble un amour de bague qui, je dois l'avouer, m'a fait le plus vif plaisir et que je ne me lasse pas d'admirer. Mais quand il a voulu me donner aussi un bracelet, j'ai nettement refusé, malgré ce qu'il a pu me dire pour me pousser à l'accepter : que l'achat des bijoux ne devait pas être considéré tant comme une dépense que comme « un placement » : c'est le mot dont il s'est servi, puis il m'a expliqué que les pierres et les métaux précieux étaient « appelés à augmenter de valeur ». J'ai protesté que cela m'était parfaitement égal, et là-dessus nous nous sommes un peu disputés. Sans doute n'était-il pas très gentil de ma part de lui dire que ma bague me ferait autant de plaisir, même si je ne savais pas qu'elle avait coûté très cher ; alors il s'est écrié :

— Autant avouer qu'on préfère la camelote.

Puis, comme toujours, et c'est ce qu'il y a de si intéressant avec lui, il a élargi la question et l'a envisagée au « point de vue général », qui seul lui importe :

— On imite aujourd'hui les perles si bien que tout le monde peut s'y tromper — m'a-t-il expliqué —, mais les vraies perles représentent une fortune et les autres n'ont que l'apparence de la valeur.

Il tient à assister à l'essayage de mes robes parce qu'il a un goût merveilleux et que cela l'amuse de discuter avec les couturiers. Mes chapeaux également, nous avons été les choisir ensemble. J'ai beaucoup de mal à me faire aux formes nouvelles. Robert trouve qu'elles me coiffent très bien ; mais quand je me regarde dans la glace je me trouve méconnaissable. Mais je crois que c'est une affaire d'habitude et que bientôt, comme il dit, c'est mon visage de jeune fille que je ne reconnaîtrai plus. En général je trouve ce qu'il choisit beaucoup trop beau ; mais je comprends qu'il tienne à ce que je lui fasse honneur et que déjà je n'ai plus le droit d'être modeste. L'abbé sait que mon cœur le reste et me dit que cela seul importe. Chaque jour à nouveau je m'étonne et je ne cesse pas de me croire indigne de mon bonheur. Je crains parfois que Robert ne découvre combien il surfait mes mérites. Mais peut-être, à force d'amour, parviendrai-je à m'élever jusqu'à lui. De tout mon cœur je le souhaite et je m'y efforce sans cesse. Il m'y aide si patiemment !

30 octobre.

Robert est stupéfiant, il est en relations avec un tas de gens célèbres et connaît du monde dans tous les milieux. Cela lui permet de rendre service à ceux qui s'adressent à lui ; et, comme on le sait très obligeant, on ne s'en fait pas faute. Il dit qu'une grande sagesse dans la vie c'est de ne jamais demander rien qu'on ne soit pas certain d'obtenir. Mais, comme ceux qu'il a obligés ne lui refusent rien et qu'il ne demande que des choses justes, il obtient aisément tout ce qu'il veut. Il a ses entrées partout et je ne vais avec lui nulle part sans voir aussitôt des mains se tendre vers lui. Je lui ai demandé de ne me présenter que ses amis véritables ; mais il est difficile, dès qu'on le connaît un peu, de ne pas devenir son ami et, comme il est au courant de tout, il est capable de parler à n'importe qui de n'importe quoi comme si c'était spécialement sa partie. A vrai dire, je ne crois pas qu'il ait d'amis intimes. Je le lui ai demandé l'autre jour. Il ne m'a pas répondu directement mais m'a dit, en me pressant tendrement contre lui : « L'amitié, c'est l'antichambre de l'amour. »

Et, en effet, il me paraît aujourd'hui que cette grande amitié que j'avais hier encore pour Rosita et pour Yvonne n'était que provisoire et que mon premier véritable ami, c'est Robert.

Il veut faire à papa la surprise de le faire décorer. Comme il connaît très bien le chef de cabinet du

ministre de l'Instruction publique, il affirme que
cela lui sera très facile. Papa ne refusera certainement
pas, et je crois qu'au fond cela lui fera grand plaisir.
Je trouve très joli que Robert songe à papa et ne
demande pas la croix pour lui-même, mais il n'y
attache pas d'importance et sait qu'il l'aura quand il
voudra. En l'écoutant causer avec les gens remarquables auxquels il me présente je prends conscience
de mon ignorance ; j'ose à peine me mêler à la conversation tant j'ai peur de lui faire honte. Je lui ai demandé de m'écrire une liste des livres que je devrais
connaître et, sitôt que j'aurai un peu de temps...
Mais quand sera-ce ? Nous avons décidé de nous
marier à la fin de janvier. Cela me semble terriblement loin, et pourtant les jours fuient avec une rapidité confondante. Sitôt après le mariage nous devons
partir pour la Tunisie. Ce ne sera pas seulement
un voyage d'agrément. Robert a là-bas des intérêts
dans une entreprise agricole, qu'il veut surveiller.
Il dit qu'il n'y a pas de plus grand plaisir que celui
dont on peut tirer parti. Son esprit ne reste jamais
inactif. Il s'instruit sans cesse et sait tourner tout à
profit.

La grande question qui nous préoccupe, c'est celle
du logement. Nous avons visité un grand nombre
d'appartements, mais à chacun d'eux, maman, Robert
ou moi, nous trouvons quelque chose à redire. Je
crois que nous allons nous entendre avec un architecte
que Robert connaît très bien. Il achève de faire
construire un immeuble très bien situé, dans le quartier de la Muette, avec vue sur de grands jardins.

Nous serions propriétaires du dernier étage, ce qui nous permettrait de l'aménager à notre guise. Nous passons ensemble des heures à discuter les plans et rien n'est plus amusant. Robert qui, tant que sa mère vivait, n'était pas bien riche, se contentait depuis trois ans d'un petit rez-de-chaussée avenue d'Antin où il se trouvait de plus en plus à l'étroit. Il devait prendre ses repas au restaurant, ce qui lui faisait perdre beaucoup de temps et fatiguait son estomac. J'ai demandé à voir son installation, qu'il était, je crois, un peu confus de me montrer. Pourtant je me suis étonnée de ne pas y trouver plus de désordre. Tous ses papiers se trouvent classés dans des chemises ou des dossiers et il a inventé un extraordinaire système de fiches qui lui permet d'avoir tout de suite, sur n'importe qui, tous les renseignements dont il a besoin. C'est comme cela qu'il peut si facilement rendre service. Il trouve que les gens, en général, manquent de méthode et que les rouages de la société sont, comme il dit, mal ajustés. Il aime à citer le vers de La Fontaine : « C'est le fonds qui manque le moins », et soutient que l'important c'est de mettre en valeur ce que l'on a. Je crois que cela est vrai surtout pour ceux qui sont aussi bien doués que lui ; mais, quand je lui dis que mon fonds à moi ne vaut pas grand-chose, il proteste et m'affirme gentiment que bien des femmes qui tiennent salon et brillent dans le monde sont moins intelligentes que moi. Il a l'air sincère lorsqu'il dit cela et je crains décidément qu'il ne se fasse de grandes illusions sur sa future épouse. Puisse-t-il du moins les conserver longtemps! Quoi qu'il en soit, je veux travailler à me cultiver le plus possible, aussitôt que j'aurai un peu de temps, et m'efforcer de devenir chaque jour un peu moins indigne de lui.

Je m'inquiétais de savoir s'il avait pu se réserver du temps pour tenir de son côté son journal comme nous nous l'étions promis, et lui ai demandé de me le montrer; oh! pas de me le donner à lire; mais j'aurais voulu le voir, simplement. A vrai dire je craignais qu'il ne le laissât traîner. Mais il m'a rassurée. Le tiroir où il l'enferme est toujours soigneusement fermé à clef. Il m'a montré le tiroir mais a refusé d'en sortir le journal, même après que je lui eus promis de ne pas l'ouvrir.

3 novembre.

Hier nous avons eu à dîner le peintre Bourgweilsdorf. En dépit de ce nom affreux que je ne sais si j'écris correctement, ce n'est ni un Allemand ni un Juif mais un pauvre brave garçon très estimable que Robert a beaucoup secouru et qui encombre le petit rez-de-chaussée de l'avenue d'Antin d'un tas de toiles invendables que Robert lui achète par charité pour l'aider sans froisser son orgueil. J'ai dit à Robert que je le trouvais bien imprudent d'encourager ainsi un raté qu'il vaudrait mieux pousser à faire n'importe quoi plutôt que de la peinture; mais il paraît que le pauvre garçon est incapable de rien d'autre et que, de plus, il se croit très bien doué. Robert, du reste, s'obstine à lui reconnaître « un certain talent » et nous nous sommes un peu disputés à ce sujet, car enfin il suffit de voir n'importe laquelle de ces croûtes pour comprendre que Bourgweilsdorf ne sait pas son métier et qu'il n'a même aucune idée de ce que doit être la peinture. Mais Robert cite alors quantité d'artistes qui sont devenus célèbres et qu'on traitait d'abord de barbouilleurs. Et, comme il se fâchait un peu parce que je ne parvenais sincèrement pas à trouver bien ce qu'il me montrait :

— D'ailleurs persuade-toi que, s'il n'avait pas de valeur, je ne m'attacherais pas à lui, a-t-il ajouté péremptoirement.

(N'empêche que Robert n'ose pas accrocher aux murs ces horreurs. Il les entasse dans une grande armoire, où je les ai découvertes, car il m'avait autorisée à fureter partout chez lui.) Le ton de Robert était si cassant (c'est la première fois qu'il me parlait ainsi) que les larmes me sont venues aux yeux. Il l'a vu, est redevenu aussitôt très tendre, m'a embrassée et m'a dit :

— Écoute. Veux-tu que je te le fasse connaître ? Tu jugeras s'il est aussi bête que tu crois.

J'ai accepté ; et c'est comme cela que nous l'avons invité.

Eh bien ! je fais ici mes excuses à Robert : Bourgweilsdorf m'a paru presque charmant. Je dis « presque » parce que, malgré tout, quelque chose me choque en lui : c'est son peu de reconnaissance, pour ne pas dire : son ingratitude, envers Robert. Bourg-

weilsdorf semble oublier par trop ce qu'il lui doit,
et même manquer un peu de déférence. Je sais bien
que, dans sa bouche, cela ne tire pas à conséquence
et que la cordialité de son ton réparait la brutalité
des propos ; mais plus d'une fois je l'ai entendu
s'écrier, coupant la parole à Robert : « Mon vieux, ça
ne tient pas debout ce que tu dis là », devant une
remarque des plus sensées, qu'il n'avait pas même
écoutée. Par contre, il approuvait tout ce que disait
papa, avec une insécurité si courtoise et si souriante
qu'elle donnait presque le change et que papa,
somme toute, était ravi. Je m'attendais à un bohème ;
mais c'est un monsieur fort bien mis, assez élégant
même, de bonnes manières et soigneux de sa personne. Certainement il est intelligent. Il raconte
à ravir un tas d'histoires très amusantes, et sa conversation serait des plus agréables si seulement il
n'aimait pas un peu trop les paradoxes. L'on n'est
jamais sûr qu'il ne se moque pas un peu de vous,
comme, par exemple, quand il dit que Raphaël et
Poussin sont ses deux peintres préférés, ce que sa
propre peinture ne laisse vraiment guère entendre.
Somme toute, ça a été une excellente soirée et je
crois que je reverrai ce brave Bourg avec plaisir.
Mais de là à lui commander mon portrait comme
a fait brusquement Robert... Ni lui, ni moi, nous ne
nous y attendions, de sorte que nous ne savions que
dire et que ça a été extrêmement gauche. Je trouve
que Robert aurait bien pu me consulter d'abord.
Je lui aurais dit que, d'ici à notre mariage, je ne
trouverais que difficilement le temps de poser et qu'il

faudrait remettre « ce plaisir » au retour de notre
voyage de noces. C'est ce que j'ai répondu à Bourgweilsdorf lorsque, poussé par Robert, il voulait
déjà prendre rendez-vous pour la première séance. Il
affirme qu'il lui suffirait de trois ou quatre; qu'il prendrait des notes et établirait le portrait de mémoire
pendant notre absence, de manière qu'il n'ait plus
que quelques retouches à y faire, à notre retour,
pour l'achever. A vrai dire, quand je me souviens
des horreurs qu'il peut faire, je me soucie fort peu
d'être portraicturée par lui. Nous avons pourtant
pris jour pour visiter son atelier.

7 novembre.

Des courses, des réceptions, des visites. Je n'ai
plus le temps d'écrire mon journal ; plus le temps
de lire, de me recueillir ; plus le temps de me sentir
heureuse. Et ce qui m'attriste le plus, c'est que tout
cela travaille à me rendre affreusement égoïste.
Il n'est question chaque jour que de *mon* plaisir, de
ma toilette, de *ma* convenance et de *mes* goûts. Comme
si je pouvais avoir désormais d'autre convenance
et d'autres goûts que ceux de Robert! Même pour
les meubles de mon petit salon, ce qui me plaît c'est
que ce soit lui qui les choisisse. Il m'a fait cadeau
d'un petit secrétaire exquis où je pourrai serrer ses
lettres et mon journal. Le marchand doit le garder
jusqu'à ce que nous soyons installés. Il me tarde déjà

de me sentir chez nous et de pouvoir un peu me
reprendre. Ces journées de dissipation me semblent
si vides... et même il me semble que, Robert aussi,
je le perds de vue, comme moi-même, car, si je ne le
quitte guère, je ne suis presque jamais seule avec
lui ; il faut sourire à chacun, répondre à des questions
stupides, exposer sa joie, jouer une espèce de comédie
de bonheur, et cette préoccupation constante de paraître heureuse m'empêcherait presque de l'être, si
je prenais un instant cette parade au sérieux. Je
m'étonne de cet air convaincu, pénétré, que les plus
indifférents peuvent affecter pour protester de leur
sympathie ; il me faut me prêter à ce jeu, paraître
« charmée d'avoir fait la connaissance » de gens
parfaitement insignifiants ou désagréables.

12 novembre.

J'ai beaucoup vu Yvonne ces derniers temps. Je
sens, en causant avec elle, combien facilement de-
vient égoïste le bonheur. Ce qui m'abuse, c'est que
je songe à Robert plus qu'à moi-même. Mais en
pensant à lui je cède au penchant de mon cœur.
Il ne s'agit pas sans doute de l'aimer moins, mais
de ne pas limiter à lui mon amour. Je n'avais de
regards que pour lui et ne me suis aperçue que jeudi
dernier de la mauvaise mine d'Yvonne. Mes yeux se
sont ouverts tout à coup, ou plutôt le nuage éblouis-
sant dans lequel je vivais s'est déchiré ; elle m'a paru

si changée que j'ai pris peur, l'ai pressée de questions et ai fini par la faire avouer la cause de son affreuse tristesse. Le jeune homme que je savais qu'elle aimait, et avec qui elle était déjà presque fiancée, la trompe, elle vient de le découvrir... et vit avec une autre femme...

— Pourquoi ne m'as-tu pas parlé plus tôt? — lui ai-je demandé.

— Je craignais de troubler ta joie.

Et j'ai pris honte aussitôt de cette joie, qui m'est apparue comme une propriété privée avec un « *défense d'entrer* » cruel. Non, non, je ne veux pas d'un *impitoyable* bonheur. Yvonne, qui souffrait de ne plus sentir mon amitié, a besoin d'être secourue. Elle craint de ne pouvoir cesser d'aimer celui qui ne mérite plus son amour, et cherche une occupation qui lui permette d'oublier un peu sa tristesse. Elle voudrait prendre un emploi dans un hôpital, ce qui me paraît une excellente idée, au moins provisoirement. Tout en gardant le secret, comme je le lui ai promis, sur les causes de cette détermination, je vais tâcher d'y intéresser Robert, qui se montre très attentionné pour Yvonne, et qui connaît très bien le médecin chef de Laënnec. Il peut lui recommander Yvonne en toute confiance car je ne doute pas que, dévouée comme elle est, et intelligente, et habile, elle ne puisse rendre de grands services.

14 novembre.

Que Robert est gentil! Je ne lui ai pas plus tôt fait part du désir d'Yvonne qu'il a téléphoné au docteur Marchant et pris rendez-vous pour dîner avec lui demain soir. Il l'invite à *La Tour d'Argent* dont la cuisine est réputée.

— On ne saura jamais tout ce qu'obtient un bon repas, m'a-t-il dit en riant.

Il affirme que ma présence à ce dîner ne sera pas inutile et a décidé papa à me permettre de l'accompagner. Je m'en réjouis beaucoup car tout ce que je fais avec Robert m'amuse et cela me prouve que papa commence à envisager ce mariage d'un moins mauvais œil; puis, il ne m'est encore presque jamais arrivé de manger au restaurant; et si, de plus, cela peut être profitable à Yvonne... Robert dit que le docteur Marchant est assez revêche mais extrêmement sensible à la bonne chère; aussi se propose-t-il de soigner le menu.

Je crains souvent de mécontenter Robert en employant dans la conversation certaines expressions ou tournures de phrases qu'il me dit ne pas être correctes et dont j'ai pris l'habitude en les entendant sans cesse autour de moi. Quand nous sommes seuls, Robert me reprend et me corrige. Mais, dans le monde, il m'arrive souvent de me taire par peur de voir soudain sur son visage une petite marque d'agacement, que du reste je suis seule à pouvoir distinguer, mais qui me fait comprendre aussitôt que je ne me

suis pas exprimée comme il fallait. Il faudra pourtant
que, avec le docteur Marchant, je me décide à parler ;
et je tremble un peu d'avance. Je me connais : à me
trop observer, je risque de perdre toute aisance,
tout naturel. J'ai supplié Robert de ne pas trop me
regarder pendant le dîner. Je lis dans son regard
tout ce qu'il pense, et la moindre ombre de réprobation que j'y verrais me démonterait. Ainsi rien
ne l'irrite autant que l'emploi de « très » devant des
mots qui, comme il dit très justement, ne compor-
tent pas le comparatif (ou le superlatif, je ne sais
plus bien). Avant qu'il ne me l'ait fait remarquer
je disais couramment : « J'ai très faim », ou « J'ai
très sommeil », ou « J'ai très peur. »

— Pourquoi pas tout de suite : « J'ai très courage »,
ou : « J'ai très migraine » ? — m'a-t-il dit.

Je crois comprendre la nuance, à laquelle j'avoue
que je n'avais jamais songé ; mais maintenant, par
crainte de me tromper, je n'ose presque plus employer
le mot « très ». On n'a pas toujours le temps de réfléchir si le mot qui va suivre est un substantif, un
adjectif ou un adverbe... Et, du reste, je trouve que
Robert va un peu loin. Par exemple il ne veut pas
que je dise non plus que je l'ai « très fâché » ; et
pourtant « fâché » n'est pas un substantif. Il a voulu
m'expliquer que ce n'était pas un adjectif non plus ;
mais je crois qu'il s'est un peu embrouillé car, après
m'avoir dit : « Tu vas tout de suite comprendre... »,
il a remis brusquement à plus tard cette petite leçon.
Je veux pourtant arriver à tout à fait bien comprendre ces règles et à prendre l'habitude de les

appliquer, puisque Robert estime que ce devrait être surtout le rôle des femmes de maintenir la pureté de la langue, parce qu'elles sont en général plus conservatrices que les hommes, et qu'en négligeant leur parler elles manquent à un de leurs devoirs.

16 novembre.

« Mazette! » s'est écrié papa, qui se sert volontiers de ce mot en guise de petit juron familier ; « vous ne vous refusez rien! » quand il a su que c'était à *La Tour d'Argent* que nous avions dîné. Il m'a dit n'y avoir jamais été lui-même mais savoir que c'est le vrai restaurant des gourmets. Et il a fallu que je lui « raconte le menu » par le détail. Le repas était excellent ; les vins merveilleux, pour autant que j'en ai pu juger par les sourires que faisaient Robert et notre hôte en les dégustant, car moi je n'y connais pas grand-chose. Mais quel homme odieux que ce docteur Marchant!

— La peste soit des demoiselles désœuvrées! s'est-il écrié aux premiers mots que Robert lui a dits d'Yvonne.

C'était presque à la fin du repas et quand Robert a jugé que notre convive était « mûr ». Puis, avec un air bougon qui accentuait encore la grossièreté de ses propos :

— Ce n'est du reste pas la première qui se propose

ainsi. J'ai toujours refusé froidement ces offres de service. Les sœurs de charité, ça je ne dis pas : ce ne sont plus des femmes, paraît-il. Mais les jeunes filles du monde... Esculape nous en préserve! Dites-lui donc de ma part, à votre amie, de se marier, tout simplement. C'est ce qu'une femme peut faire de mieux, je vous assure. Et j'ai plaisir à dire cela devant vous, Mademoiselle — a-t-il ajouté en se tournant vers moi et en grimaçant un sourire — puisque je vois que vous le pensez aussi.

— Mon amie a de bonnes raisons pour ne pas m'imiter, — ai-je hasardé, en m'armant de tout mon courage et sentant que l'avenir d'Yvonne était en jeu. Mais mon courage a battu en retraite devant son air gouailleur et son :

— Ah! vraiment...? — dit en levant très haut les sourcils d'une manière interrogative.

J'étais sur le point de protester que chaque femme ne pouvait pas espérer le bonheur de rencontrer un Robert ; mais j'ai dit platement que tous les mariages n'étaient pas heureux. A quoi Marchant a riposté tout aussitôt que si le mariage n'était pas toujours bon, le célibat, par contre, était toujours mauvais... « pour les femmes du moins », a-t-il ajouté en ricanant, vite, avant que je n'aie eu le temps de lui demander pourquoi, dans ce cas, il était demeuré garçon. Puis, voyant sans doute qu'il avait été trop loin, il a repris sur un ton plus conciliant :

— Voyons, Mademoiselle, entre nous... c'est vrai qu'elle souhaite tellement entrer à mon service, votre amie ?

— Je sais qu'elle en a *très* envie — ai-je dit imprudemment ; et tout aussitôt j'ai senti se fixer sur moi le regard de Robert et me suis aperçue de ma faute de français, de sorte que je n'ai plus osé rien ajouter, ce qui a permis au docteur Marchant de continuer :

— Et les arts d'agrément ? A quoi servent-ils, les arts d'agrément ? Pourquoi les a-t-on inventés, sinon pour occuper les oisives ? Conseillez donc à votre amie la tapisserie, ou l'aquarelle, puisqu'elle se refuse à nous faire des enfants comme ce serait son devoir, mais comme nous ne pouvons pas décemment l'y forcer.

Sans doute ai-je laissé voir combien ces propos me révoltaient, car il a bientôt détourné la conversation, après avoir déclaré péremptoirement :

— Du reste, quand bien même je voudrais l'occuper, votre amie, je ne trouverais rien à lui donner à faire. Nous n'avons déjà que trop d'employés de service, et je ne puis supporter auprès de moi les gens qui restent à me regarder, les bras croisés.

Robert en a donc été pour ses frais. C'est ce qu'il appelle : « Être refait. » On pouvait juger à sa mine combien cela lui était désagréable et j'en étais très touchée, car ce n'est que par amour pour moi qu'il s'intéressait à Yvonne et avait fait ces avances. Je ne lui ai pas caché mon opinion sur le docteur Marchant. C'est peut-être un grand savant, comme Robert l'affirme, mais c'est un rustre et je préfère ne plus le rencontrer, malgré le « je ne le tiens pas pour quitte » que Robert répétait en me reconduisant après le dîner.

Si encore Yvonne attendait une rémunération de ses services! Mais elle a de quoi vivre et son offre est toute désintéressée. Comment aurai-je le cœur de lui apprendre que cette offre est repoussée, que l'on n'a que faire de son dévouement...

Être inutile ; se savoir, se sentir inutile... Sentir en soi tout ce qu'il faut pour aider, pour secourir, pour répandre autour de soi de la joie, et n'en trouver pas le moyen!

— On n'a pas besoin de vous, Mademoiselle.

C'est atroce et je plains Yvonne de tout mon cœur. Je remercie Dieu plus encore de m'avoir épargné ces déboires, et Robert de m'avoir choisie. Mais de songer que tant de femmes, qui n'ont pas mon bonheur, se voient refuser le droit de prendre part à la vie, que leur raison d'être sur terre et de mettre en valeur les vertus et les dons qu'elles ont en elles, que tout cela soit subordonné au plus ou moins bon vouloir d'un Monsieur, cela m'indigne. Et je prends ici l'engagement, si j'ai une fille, de ne lui apprendre aucun de ces petits arts d'agrément dont parlait avec tant d'ironique mépris le docteur Marchant, mais de lui faire donner une instruction sérieuse qui lui permette de se passer des acquiescements arbitraires, des complaisances et des faveurs.

Je sais bien que tout ce que j'écris ici est absurde ; mais le sentiment qui me dicte ces phrases ne l'est pas. Je trouve tout naturel, en épousant Robert, de renoncer à mon indépendance (j'ai fait acte d'indépendance en l'épousant malgré papa), mais chaque femme devrait pour le moins rester libre de choisir la servitude qui lui convient.

17 novembre.

Robert s'occupe à réunir des capitaux pour fonder un journal littéraire dont il prendrait la direction politique. Le journal ne commencerait à paraître qu'à notre retour de Tunisie, c'est-à-dire qu'au printemps prochain ; mais il est bon de tout préparer avant notre départ, qui aura lieu sitôt après notre mariage, c'est-à-dire... bientôt. Les soins qu'il me prodigue ne nuisent pas à son activité, Dieu merci. Je l'aimerais moins si je devais être le but unique de sa vie. Je suis là pour l'aider et non pour le détourner de sa carrière. C'est au-delà de moi qu'il doit diriger ses regards.

19 novembre.

Chaque jour m'apporte une nouvelle joie. Quelle ne fut pas ma surprise, ce matin, lorsque Robert me montra la lettre du docteur Marchant qu'il venait de recevoir. Oublieux de tout ce qu'il nous avait dit l'autre soir, ou peut-être en ayant pris honte, il

demande qu'Yvonne vienne le voir à l'hôpital,
désireux d'examiner avec elle, dit-il, ce qu'il pourra
faire d'elle, ou pour elle...

Je n'avais pas encore revu Yvonne et n'aurai donc
pas à lui parler de la fâcheuse impression que j'avais
eue d'abord, mais seulement de l'heureux résultat
final.

22 novembre.

J'ai eu ce matin une grande faiblesse. Mais comment refuser rien à Robert ? J'étais dans le petit
salon, et, comme je n'attendais pas si tôt sa visite,
j'avais sorti mon journal et m'apprêtais à y raconter
notre soirée d'hier aux ballets russes, lorsqu'il est
entré tout à coup et m'a demandé à voir ce que
j'écrivais. J'ai répondu en riant qu'il ne le verrait
qu'après ma mort, selon la promesse que nous nous
étions faite. Il m'a dit, en riant aussi, que, dans ce
cas, il risquait de ne le voir jamais, car il était naturel que je lui survive ; qu'au surplus il n'avait jamais pris cet engagement au sérieux et m'en tenait
quitte ; que d'autre part nous nous étions promis
de ne rien nous cacher ; que, de toute façon, son
désir de lire mon journal était si vif qu'il risquait,
si je ne le satisfaisais pas aussitôt, de gâter son
bonheur... Bref, il s'est montré si pressant, si obs-
tiné, si tendre, que j'ai cédé, tout en demandant
alors la réciproque, qu'il m'a volontiers accordée.

Et j'ai quitté la pièce pour le laisser lire à son aise.

Mais, à présent le charme est rompu ; et c'est bien ce que je craignais. Si j'écris encore ces lignes, c'est seulement pour expliquer pourquoi ce sont les dernières. Évidemment c'est pour lui que je l'écrivais, ce journal ; mais je ne pourrais plus y parler de lui comme je faisais, ne serait-ce que par pudeur. Il n'a plus, à présent, qu'à lire également ces lignes, que je ne cherche plus à lui cacher.

Non, je ne l'aime pas moins ; mais il ne le saura plus que tout de suite. (Cette phrase ne veut peut-être rien dire, mais elle est venue naturellement sous ma plume.)

23 novembre.

Hélas ! il me faut encore ajouter ce post-scriptum.

Robert vient de me faire beaucoup de peine. C'est le premier chagrin que je lui dois, et il m'est pénible de l'écrire ici, car j'espérais que ce cahier n'aurait à contenir que l'expression de ma joie. Mais il faut que je l'écrive ici tout de même ; et ceci que j'écris, je souhaite qu'il le lise, car, lorsque je le lui disais tantôt, il refusait de prendre au sérieux mes paroles.

J'étais allée chez lui, pensant qu'il me montrerait à son tour son journal, comme hier il me l'avait promis avant que je ne lui donne à lire le mien. Et voici qu'il m'avoue que ce journal n'existe pas, qu'il n'en a jamais écrit une ligne, qu'il ne m'a laissé croire si longtemps qu'il l'écrivait que pour m'encourager à continuer le mien. Il m'avoue tout cela en riant et s'étonne, puis s'irrite, parce que je n'en ris pas à mon tour et ne m'amuse pas avec lui de sa ruse. Et comme au contraire je m'en attriste et lui reproche, non de ne pas avoir écrit ce journal, car je comprends qu'il n'ait pas eu le temps ni le désir de le faire, mais bien de m'avoir laissée croire qu'il l'écrivait, de m'avoir dupée, le voici qui me reproche d'avoir mauvais caractère, de grossir ce qui n'a en soi aucune importance, sans vouloir comprendre que ce qui m'attriste précisément, c'est que ce qui a tant d'importance pour moi en ait pour lui si peu, et qu'il traite si légèrement ce qu'il voit qui me tient à cœur. Bientôt ce n'est plus lui qui a tort de n'avoir pas tenu sa parole, mais moi qui ai tort de m'en plaindre. Et pourtant je n'ai aucun plaisir à avoir raison contre lui ; j'aimerais pouvoir lui donner raison ; mais j'aurais voulu que du moins il marquât un peu de regret de m'avoir causé tant de peine.

En me plaignant ainsi, je me parais ingrate et je lui en demande pardon. Mais décidément j'arrête ici ce journal qui n'a vraiment plus raison d'être.

DEUXIÈME PARTIE

VINGT ANS APRÈS

Arcachon, 2 juillet 1914.

J'ai pris avec moi ce cahier comme on emporte un ouvrage de broderie, pour occuper le désœuvrement d'une cure. Mais, si je recommence à y écrire, ce n'est hélas plus pour Robert. Il croit désormais connaître tout ce que je peux sentir ou penser. J'écrirai afin de m'aider à mettre un peu d'ordre dans ma pensée ; afin de tâcher d'y voir clair en moi-même, considérant, comme l'Émilie de Corneille,

Et ce que je hasarde et ce que je poursuis.

Quand j'étais jeune, je ne savais voir dans ces vers que de la redondance ; ils me paraissaient ridicules, comme souvent ce que l'on ne comprend pas bien ; comme ils paraissent ridicules et redon-

dants aujourd'hui à mon fils et à ma fille, à qui je
les ai fait apprendre. Sans doute faut-il avoir un peu
vécu pour comprendre que tout ce que l'on *pour-*
suit dans la vie, l'on ne peut espérer l'atteindre
qu'en *hasardant* précisément ce qui parfois vous
tient à cœur. Ce que je poursuis aujourd'hui, c'est
ma délivrance ; ce que je hasarde, c'est l'estime du
monde, et celle de mes deux enfants. L'estime du
monde, je m'efforce de me persuader que je n'y
tiens guère. L'estime de mes enfants me tient à
cœur plus que tout ; en écrivant ceci, je le sens
mieux que jamais. Au point que j'en viens à me
demander si ce n'est pas surtout pour eux que j'écris
ces lignes. Je voudrais que, plus tard, s'il leur arrive
de les lire, ils y trouvent une justification, ou du
moins une explication, de ma conduite, que sans
doute on leur apprendra à juger d'un œil sévère, à
condamner.

Oui, je sais, et je me répète sans cesse, qu'en
quittant Robert je vais me donner en apparence
tous les torts. Sans connaître rien aux lois, je puis
craindre que mon refus de continuer à vivre sous
le même toit que lui n'entraîne la déchéance de mes
droits maternels. L'avocat que je veux consulter
dès mon retour à Paris m'indiquera les moyens
d'éviter cela, qui me serait intolérable. Je ne puis
consentir à ne plus avoir mes enfants. Mais je ne
puis davantage consentir à vivre plus longtemps
avec Robert. Le seul moyen pour moi de ne pas
en venir à le haïr c'est de ne plus le voir. Oh! de ne
plus l'entendre surtout... En écrivant ceci je sens

bien que je le déteste déjà ; et, si odieuses que me
paraissent à moi-même ces paroles, il me semble
que c'est par besoin de les écrire que j'ai rouvert
ce cahier. Car ceci je ne puis le dire à personne. Je
me souviens du temps où Yvonne n'osait point
me parler, par crainte d'assombrir mon bonheur.
A présent c'est à moi de me taire. Au reste, me
comprendrait-elle ?... Son mari plutôt, lui qui d'abord
m'avait paru si égoïste, si vulgaire, et que je sais à
présent plein de cœur. J'ai parfois surpris, chez cet
homme vraiment supérieur, un indéfinissable ton
de mépris en face de Robert ; comme, par exemple,
lorsque Robert, rapportant un dialogue où naturellement il se donnait le beau rôle, après avoir cité
complaisamment ses propres paroles, a ajouté :

— C'est ce que j'ai cru devoir lui dire.

— Et lui, qu'a-t-il cru devoir te répondre ? — a
demandé le docteur Marchant.

Robert, un instant, a paru quelque peu désar-
çonné. Il sent que Marchant le juge, et cela lui est
très désagréable. Je crois que c'est par égard pour
moi que Marchant retient sa moquerie, car je l'ai
vu parfois prodigieusement mordant à l'égard de
certaines suffisances qu'il ne pouvait se retenir de
dégonfler. Il n'est certainement pas dupe des phrases
sonores de Robert. Il m'est même arrivé de penser
que, sans son affection pour moi, il aurait depuis
longtemps cessé de le fréquenter. Et ce soir-là j'ai
été comme soulagée de comprendre que je n'étais
pas seule à être exaspérée par cette habitude qu'a
prise Robert de toujours dire qu'il a « cru devoir

faire » tout ce que, simplement, il a fait parce qu'il
en avait envie, ou bien, plus souvent encore, parce
qu'il lui paraissait opportun d'agir ainsi. Ces derniers temps, il perfectionne ; il dit : « J'ai cru de
mon devoir de... » comme s'il n'agissait plus que
mû par de hautes considérations morales. Il a une
façon de parler du devoir, qui me ferait prendre
tout « devoir » en horreur ; de se servir de la religion,
qui rendrait toute religion suspecte, et de jouer des
beaux sentiments, à vous en dégoûter à jamais.

                                        3 juillet.

    J'ai dû m'interrompre pour mener Gustave chez
le docteur. Dieu soit loué ! Je suis sortie de la consultation très rassurée. Marchant nous avait alarmés,
de sorte qu'heureusement nous avons pris le mal à
temps. Le docteur d'ici, qui suit Gustave de très
près, affirme même que, bientôt, nous n'aurons à
craindre aucune rechute. Il estime que, sitôt après
les vacances, Gustave pourra rentrer au lycée, de
sorte que cette alerte ne causera pas de retard dans
ses études.
    Je reste peu satisfaite de ce que j'écrivais hier.
J'ai laissé courir ma plume, il me semble, par un
besoin de récrimination qui peut paraître bien vain
tant que je ne me serai pas mieux expliquée. Chacun de nous a des défauts, et je sais que l'harmonie
ne peut être maintenue dans un ménage sans indul-

gence et sans menues concessions mutuelles. D'où
vient que les défauts de Robert me sont devenus à
ce point insupportables? Est-ce donc parce que
cela même qui m'exaspère aujourd'hui était ce à
quoi précisément je me laissais prendre? qui me
charmait, me paraissait le plus louable?... Oh! je
suis bien forcée de le reconnaître : ce n'est pas lui
qui a changé ; c'est moi. C'est le jugement que je
porte. De sorte que même mes souvenirs les plus
heureux s'y abîment. Ah! de quel ciel je suis tombée!
Pour m'expliquer ce changement, j'ai relu ce que
j'écrivais dans ce même cahier, il y a vingt ans.
Que j'ai de mal à me reconnaître dans la candide,
confiante et un peu niaise enfant que j'étais! Les
phrases de Robert que je citais, qui m'emplissaient de
joie et d'amoureux orgueil, je les entends encore,
mais les interprète différemment. Cette défiance
dont je souffre aujourd'hui, je cherche à m'en retra-
cer l'histoire. Je crois bien qu'elle a commencé de
naître certain jour, peu après notre mariage, où
j'entendis Robert, lorsque mon père s'extasiait sur
le système de classement de ses fiches, et lui demandait :

— Alors c'est vous qui avez trouvé cela? —
répondre, et de quel ton indéfinissable, à la fois
supérieur et modeste, profond et dégagé :

— Oui... en cherchant, j'ai trouvé.

Oh! ce n'était là presque rien, et à ce moment je
n'y ai pas attaché d'importance. Mais, comme je venais
d'apprendre, en allant régler une facture chez un
papetier de la rue du Bac, que ce classeur perfec-

tionné sortait de son magasin, j'ai trouvé peut-être
inutile cet air inspiré, presque douloureux, cet air
d'inventeur, que Robert prenait, qu'il « croyait
devoir prendre », pour proférer ces mots : « J'ai
trouvé. » — Oui, oui ; c'est entendu, mon ami : tu
as trouvé ce classeur rue du Bac ; pourquoi dire :
« En cherchant ? » Ou alors, il faudrait ajouter : « En
cherchant les enveloppes que j'avais commandées... »
Il me parut, dans un éclair, qu'un savant, après
une vraie découverte, ne s'aviserait jamais de dire :
« En cherchant, j'ai trouvé », car alors il irait de soi ;
et que ces mots dans la bouche de Robert, ne ser-
vaient qu'à dissimuler qu'il n'avait rien inventé
lui-même. Mon cher papa n'y a vu que du feu, et
moi-même, tout ce que j'en écris aujourd'hui ne
m'est apparu nettement que plus tard. J'ai simplement senti, instinctivement, qu'il y avait là
quelque chose d'indéfinissable, qui sonnait faux.
Du reste, Robert ne disait pas ces mots dans l'intention de tromper papa. Cette petite phrase lui
avait échappé, tout inconsciemment ; mais c'est
bien pour cela qu'elle était si révélatrice. Ce n'était
point papa qu'il dupait, c'était lui-même.

Car Robert n'est pas un hypocrite. Les sentiments qu'il exprime, il s'imagine réellement les
avoir. Et même je crois qu'en fin de compte il les
éprouve, et qu'ils répondent à son appel, les plus
beaux, les plus généreux, les plus nobles, toujours
exactement ceux qu'il convient d'avoir, ceux qu'il
est avantageux d'avoir.

Je doute que beaucoup de gens s'y puissent laisser prendre ; mais ils font tout comme. Une sorte de convention s'établit, et l'on n'est peut-être pas tant dupe que l'on ne fait semblant de l'être, pour plus de commodité. Papa qui d'abord semblait y voir clair alors que j'étais le plus éblouie, et dont l'opinion sur Robert m'attristait tant durant mes fiançailles, papa semble complètement retourné. Dans chacune de mes discussions avec Robert, c'est toujours à moi qu'il donne tort. Il est si bon et si faible! Robert si habile!... Quant à maman... Certains jours je me sens affreusement seule ; je ne puis dire ce que je pense qu'à ce carnet, et me prends à l'aimer comme un ami discret, docile, à qui pouvoir enfin confier ma plus secrète et plus douloureuse pensée.

Robert croit me connaître à fond ; il ne soupçonne pas que je puisse avoir, en dehors de lui, de vie propre. Il ne me considère plus que comme une dépendance de lui. Je fais partie de son confort. Je suis sa femme.

5 juillet.

Devant tout nouveau venu, je sens, je sais que son premier souci est de chercher par où le tenir, par où le prendre. Même dans ses actes les plus généreux en apparence et par où il se montre le plus obligeant envers autrui, je sens l'arrière-pensée de faire d'autrui son obligé. Et avec quelle naïveté il agit, quel naturel!... Les premiers temps, alors qu'il n'avait pas appris à se défier de moi, il lui échappait de ces phrases révélatrices : « Je suis bien mal récompensé de ma sympathie » ; comme si la sympathie devait attendre d'autrui sa récompense! et je frémissais lorsque je l'entendais dire : « ... Un tel... après ce que j'ai fait pour lui, il n'a rien à me refuser. »

C'est toute la raison d'être de cette revue, que Robert a dirigée durant quatre ans et dont il n'a cessé de s'occuper que l'an dernier après que son ruban rouge se fut changé en rosette. Sous des dehors d'impartialité, ce n'était qu'une sorte d'agence d'entraide, de complaisances réciproques. Chaque article de louange était considéré par Robert comme une lettre de crédit. Le plus fort c'est son art, en se servant des gens, de paraître leur rendre service. Qu'eussent été les quelques articles qu'il a donnés à cette revue, sans ce jeune secrétaire qui les a mis sur pied, qui les a récrits, repensés?... Mais quand il parle de ce charmant garçon, si remarquablement doué, si discret et de manières si exquises, il lui arrive de s'écrier : « Ah! qu'est-ce qu'il serait sans moi, celui-là! »

A entendre Robert, cette revue n'avait pour but que d'aider les artistes méconnus, que de se dévouer à les faire connaître, à « les imposer au public », comme il disait ; mais, du même coup, elle l'aidait à se pousser lui-même. Oui, sans doute, Robert a beaucoup fait pour mettre en valeur l'extraordinaire talent de Bourgweilsdorf, à la fois si fier et d'une si exquise modestie, ou du moins si sincèrement dédaigneux de la faveur du grand public ; mais l'extraordinaire plus-value que ses tableaux ont due à la campagne savamment organisée par la revue après la mort de Bourgweilsdorf a permis à Robert de vendre deux toiles de ce qu'il appelle sa « galerie » beaucoup plus cher qu'il n'avait payé toutes les autres. Sorties des armoires où elles étaient restées enfermées si longtemps, elles paradent aujourd'hui sur les panneaux et permettent à Robert de dire sentencieusement à son fils : « Il est bien rare que Dieu ne nous récompense pas, en fin de compte. »

Ah ! que j'aimerais le voir, ne fût-ce qu'une fois, défendre une cause où vraiment il aurait à se compromettre, éprouver des sentiments dont il ne pourrait tirer avantage, avoir des convictions qui ne lui rapporteraient rien...

Quand il a invité papa et nos cousins de Berre, et même ce brave Bourgweilsdorf encore si peu fortuné, à mettre de l'argent dans cette affaire d'imprimerie, qui du reste a échoué si piteusement, il semblait que ce fût une grande faveur : les actions étaient très demandées ; il ne pouvait disposer que d'un certain nombre dont, par une faveur particulière, il consentait à faire profiter des amis... Tout cela était si habilement présenté que j'en venais moi-même à penser : « Comme Robert est gentil !... » Car je ne comprenais pas alors que tous ces titres qu'il faisait prendre lui assuraient la majorité et gonflaient démesurément son importance.

Et, après la déconfiture, quelles belles phrases il trouvait, pour s'excuser à ses propres yeux des grosses

pertes que leur avait fait subir son imprudence :
« Ces pauvres chers amis... Ils sont bien mal récompensés de la confiance qu'ils ont mise en moi. Ah!
je suis bien puni d'avoir voulu aider les autres. C'est à
vous dégoûter de chercher à rendre service », etc.

Quand il eût été si simple de rembourser tout
bêtement, à Bourgweilsdorf tout au moins, l'argent
qu'il n'avait risqué dans cette affaire que sur l'insistance et sur les garanties de Robert, qui, lui, a trouvé
moyen de s'en tirer à très bon compte, ayant « liquidé
la situation » au bon moment, comme il me l'a avoué
plus tard ; et quand il m'a vue prête à m'indigner
qu'il n'eût pas d'abord songé à protéger l'argent de
ses amis, il m'a confusément expliqué qu'il ne pouvait vendre leurs actions sans une procuration qu'il
n'avait pas eu le temps de leur demander, et qu'au
surplus la vente brusque d'un trop grand nombre
de titres risquait de donner l'alarme et de faire aussitôt baisser les prix. Je crois que je ne l'ai jamais si
bien méprisé que ce jour-là ; mais je me suis bien
gardée de le lui laisser voir, et il ne pouvait s'en rendre
compte, tant ce qu'il me racontait lui paraissait
naturel, de sorte qu'il ne doutait point que, dans les
mêmes circonstances, je n'eusse agi tout comme lui.

6 juillet.

Que Gustave ressemble à son père, je crois que
c'est Marchant qui me l'a fait comprendre d'abord.

Toutes les illusions que j'ai si longtemps nourries pour Robert, j'ai continué de les avoir pour Gustave jusqu'à ces mois derniers, tant il est difficile de juger vraiment un être qu'on aime. Et tandis que je me déprenais de Robert et me croyais devenue très perspicace, reportant mes regards et mes espérances vers Gustave, je pensais d'abord : lui, du moins... C'est aussi que les défauts de Robert ne reparaissent chez Gustave que comme remaniés, pour ainsi dire, et se manifestent différemment. Mais je les reconnais à présent. Sous des aspects nouveaux ce sont les mêmes, je ne puis plus m'y tromper... Et même, certains traits du caractère de Robert, c'est son fils, à présent, qui me les explique. Je n'aime pas le voir négliger, dans son programme, toutes les matières sur lesquelles il ne craint pas qu'on l'interroge. Il n'apprend rien par simple désir de s'instruire, et savoir lui importe moins que de donner à croire qu'il sait. J'ai eu beaucoup de mal à lui faire perdre cette habitude, qu'il avait déjà tout petit, de demander à propos de tout : « A quoi ça sert ? » — où, d'abord, je ne savais voir qu'une curiosité charmante. A présent il ne le dit plus ; mais je préférerais encore qu'il le dise, car il le pense tout de même par-devers lui et fait fi de tout ce qui ne *sert* pas.

Et dire que d'abord je le félicitais sur le choix de ses camarades ! Quelle naïveté de ma part ! « Gustave ne consent à se lier qu'avec les meilleurs », disais-je à Yvonne ; et cela faisait sourire Marchant. L'an dernier, dans cette petite fête enfantine que j'ai donnée à la demande de Gustave et sur les conseils de Robert, nous avions un fils de ministre, un neveu de sénateur, un jeune comte, enfin pas un enfant qui n'eût des parents extraordinairement fortunés, puissants ou célèbres. Robert lui-même n'aurait pas mieux choisi. Gustave a bien encore un autre ami. C'est un boursier. Ses parents sont dans l'enseignement ; ils sont pauvres. Gustave m'a fait comprendre qu'il n'était pas séant de l'inviter avec les autres. J'ai d'abord voulu voir là de la délicatesse de sa part. Je crois aujourd'hui que Gustave craignait tout simplement que cet ami ne lui fît honte. Il le voit volontiers ; mais c'est pour l'éblouir, le dominer. Quant à moi, je le préfère à tous les autres ; c'est le seul qui me paraisse avoir une vraie valeur personnelle. Ce garçon plein de cœur adore Gustave et, quand je le vois tomber en admiration devant ce que dit ou fait son ami, il me prend des envies de l'avertir, de lui dire :

— Mon pauvre petit, ne t'y trompe pas ; c'est ta dévotion qu'aime mon fils ; ce n'est pas toi.

— Mais, maman, ça lui fait tant de plaisir de me rendre service ! — riposte Gustave, lorsque je lui reproche de recourir au dévouement de son ami pour quelque besogne qu'il aurait fort bien pu faire lui-même. — Ça l'amuse et moi ça m'ennuie.

De sorte que c'est l'autre qui lui dit : Merci.

9 juillet.

L'amusement que je trouve à couvrir les pages blanches de ce cahier me paraît bien vain, mais il est indéniable. Pourtant je laisse moins qu'autrefois courir ma plume ; je n'ai pas précisément le souci de bien écrire ; mais, réfléchissant davantage, il me semble que j'écris mieux. Rien ne m'a plus instruite que de chercher à instruire Gustave et Geneviève. Pour leur faire mieux comprendre les auteurs de leur programme, j'ai d'abord cherché à les mieux comprendre moi-même, ce qui est cause que mes goûts ont beaucoup changé et que bien des livres modernes, où naguère je prenais intérêt, aujourd'hui me paraissent insipides et vides, tandis que d'autres s'animent et s'éclairent que je ne lisais d'abord que par devoir et où je ne trouvais que de l'ennui. Je sais à présent découvrir dans les grands auteurs du passé, à travers ce qui ne me paraissait que pompe froide et beau langage, beaucoup de confidence, au point que de certains d'entre eux j'ai fait des conseillers secrets, des amis, et souvent c'est près d'eux que j'ai cherché refuge, que j'ai trouvé le réconfort et la consolation dont j'ai parfois si grand besoin, car je me sens terriblement seule.

11 juillet.

Le vieil abbé Bredel, qu'un deuil de famille appelait à Bordeaux, est venu passer avec moi la fin du jour d'hier. Il me connaît si bien ! naguère je m'entendais si bien avec lui !... Je me suis confiée à lui, ce que je n'avais plus fait depuis longtemps, car depuis longtemps j'ai beaucoup négligé mes devoirs religieux. Les pratiques que Robert étale ont comme désaffecté mon cœur ; les manifestations de sa piété m'ont fait douter de l'authenticité de la mienne. Ses génuflexions ostentatoires arrêtent la prière en mon cœur... Mais hier, par faiblesse, par angoisse de solitude et besoin de sympathie, je n'ai pu me tenir de parler à l'abbé, qui veut que je le considère plus encore comme un ami que comme un prêtre. Hélas! Je suis sortie de cet entretien diminuée, désorientée, découragée, sans plus de confiance en moi qu'en Robert.

L'abbé a commencé par me dire que ce n'est pas toujours « de l'abondance du cœur que sortent les paroles », et de même que souvent, dans la prière, le geste précédait l'élan sincère, je devais accepter que, chez Robert, l'expression d'un sentiment ne fût pas aussitôt accompagnée du sentiment réel, mais espérer que le sentiment, un peu plus tard, finirait par la rejoindre. L'important, selon l'abbé, n'est pas tant de dire ce que l'on pense (car l'on pense souvent fort mal) que ce que l'on devrait penser ; car tout naturellement, et presque malgré soi, on en vient à penser ce que l'on a dit. Bref, il a pris violemment la défense de Robert, m'a dénié tout droit de mettre en doute sa sincérité, et n'a consenti à voir dans ma plainte et dans ce qu'il appelait mes « revendications », qu'une manifestation de l'orgueil le plus déplorable, orgueil que ma négligence à accomplir mes devoirs religieux avait laissé croître et se développer en moi. Et bientôt, tant est grand l'empire que l'abbé a su prendre sur moi, j'ai cessé de voir

nettement ce dont je me plaignais, de comprendre
ce que je reprochais à Robert ; je n'étais plus qu'une
enfant qui regimbe et qui récrimine. Et comme, en
sanglotant, je protestais que, là où il voulait voir de la
révolte, il n'y avait qu'un grand besoin de servir et
de me dévouer, mais de me dévouer à quelque chose
de réel, et que, chez Robert, à l'abri de spécieux
dehors, ne se cachait rien qu'un grand vide :

— Eh bien, — m'a-t-il dit gravement, et d'une
voix brusquement attendrie — dans ce cas, mon
enfant, votre devoir est de l'aider à cacher ce vide...
aux regards de tous — a-t-il ajouté plus gravement
encore — et particulièrement de vos enfants. Il
importe qu'ils puissent continuer à respecter, à
honorer leur père. C'est à vous d'y aider en couvrant,
cachant et palliant ses insuffisances. Oui, c'est là
votre devoir d'épouse chrétienne et de mère ; un
devoir auquel vous ne pouvez chercher à vous
dérober sans impiété.

A demi prosternée devant lui, je cachais dans mes
mains mes sanglots, ma confusion, ma rougeur.
Quand j'ai relevé le front, j'ai vu des larmes dans ses
ses yeux et senti dans son cœur une pitié sincère
et profonde qui m'a soudain plus émue que n'avaient
fait d'abord ses paroles. Je n'ai rien dit, rien pu
trouver à dire ; mais il a bien compris que je me
soumettais.

Peu s'en faut que je ne déchire aujourd'hui tout
ce que j'écrivais ces jours derniers ; mais non, je
veux pouvoir le relire, quand ce ne serait que pour
en prendre honte...

Ainsi donc, tout ce qui me reste à faire, c'est de
me mettre au service d'un être pour qui je n'ai plus
d'amour, plus d'estime ; d'un être qui ne me saura
aucun gré d'un sacrifice qu'il est incapable de comprendre et dont il ne s'apercevra même pas ; d'un
être dont j'ai connu trop tard la médiocrité ; d'un
pantin dont je suis la femme. C'est là mon lot, ma
raison d'être, mon but ; et je n'ai plus d'autre horizon
sur terre.

En vain l'abbé fait-il valoir la beauté du renonce-
ment. « Aux yeux de Dieu », dit-il. Et tout aussitôt,
dans ma détresse, j'ai pris conscience de ceci : c'est
que j'ai cessé de croire en Dieu en même temps que
j'ai cessé de croire en Robert. La seule idée de le
retrouver par-delà le tombeau en triste récompense
à ma fidélité, me fait horreur... au point que mon âme
se refuse à la vie éternelle. Et si je ne suis pas plus
effrayée de la mort, c'est que je ne crois pas à la
survie, que je n'y crois plus, je le sens. J'écrivais hier
le mot « soumission » ; mais ce n'est pas vrai ; je ne
sens en moi que désespoir, que révolte, qu'indignation.
« Orgueil », dit l'abbé... Eh bien, oui ; je crois que
je vaux mieux que Robert et c'est précisément quand
je me serai le plus humiliée devant Robert que je
prendrai le mieux conscience de ce que je vaux et
me sentirai le plus orgueilleuse. L'abbé, qui me met
en garde contre le péché d'orgueil, ne comprend-il
pas qu'il m'y précipite au contraire et que l'unique

ressort auquel il puisse faire appel pour obtenir de
moi l'humilité, c'est l'orgueil?

Orgueil. Humilité... Je me répète ces mots sans les
comprendre et comme si cette conversation avec
l'abbé venait de les vider de tout sens. Et la pensée,
que je repousse en vain, qui depuis hier me torture,
qui discrédite en mon esprit aussi bien l'abbé que
tout ce dont il tâchait de me convaincre : c'est que,
au fond, l'Église et lui ne se soucient que des dehors.
L'abbé s'accommode bien plus volontiers d'un simu-
lacre qui le sert que de ma sincérité qui le gêne et le
désoblige. Robert a su se l'acquérir, comme il sait
empaumer (ah! le mot affreux!) tout le monde. A
lui la louange, à moi la réprobation. Peu importe
qu'il y ait quelque chose ou non sous le geste. Le
geste suffit à l'abbé. Le geste leur suffit à tous ; et
c'est moi qui suis vaine de ne point consentir à m'en
contenter. Ce que je cherche par-delà n'a aucune
importance, aucune existence, aucune réalité.

Allons! Puisqu'il paraît qu'il faut se satisfaire de
l'apparence, je prendrai donc celle de l'humilité, sans
aucun sentiment d'humilité réelle en mon cœur.

Mais ce soir, dans ma détresse, je voudrais croire
à Dieu pour lui demander si c'est bien là vraiment
ce qu'il désire?

13 juillet.

Une consternante dépêche de mon père me rappelle
brusquement à Paris. Robert vient d'être victime

d'un accident d'auto ; « *sans gravité* », dit la dépêche, qui pourtant me demande de revenir. Si l'état de Robert était très grave, mon père rappellerait également Gustave. C'est ce que je me dis pour me rassurer.

J'ai des remords affreux de ce que j'écrivais ici ces jours derniers. Heureusement Gustave va assez bien pour que je puisse sans crainte le laisser seul quelques jours. Le patron de la pension me promet de veiller sur lui, et le docteur, qui précisément était là lorsque j'ai reçu la dépêche, s'engage à m'envoyer un bulletin de santé quotidien. Je rentre donc par le premier train.

Paris, le 14 juillet.

Dieu merci, Robert est vivant. Le docteur Marchant et le chirurgien m'affirment qu'il n'y a pas lieu de s'inquiéter. Mais comment ne pas voir dans cet accident un avertissement du Ciel, ainsi que me l'a dit aussitôt l'abbé Bredel que j'ai retrouvé au chevet du lit de Robert ? La roue de l'auto qui l'a culbuté, et qui aurait pu l'écraser, n'a, par miracle, passé que sur le bras gauche, en travers, occasionnant une double fracture de l'humérus, très facile à réduire, affirme Marchant.

Ce qui m'a le plus effrayée lorsque j'ai revu Robert, c'est un bandeau qui lui cachait une partie du visage. Mais il n'a là que des ecchymoses insignifiantes, dit

Marchant. Robert pourtant ressent d'assez violentes douleurs de tête, qu'il supporte avec un courage et une résignation vraiment admirables. Après tout ce que j'ai écrit ici, je dois ajouter que je me tourmentais de ce qu'il allait me dire ; ou plus exactement de l'agacement que je craignais d'en éprouver. Mais, dès ses premiers mots, j'ai senti que je n'avais pas cessé de l'aimer.

— Je te demande pardon pour tout l'ennui que je vous cause, — m'a-t-il dit simplement.

Et comme je me penchais vers lui : — Non, ne m'embrasse pas, je suis trop laid, — a-t-il ajouté en souriant malgré ses souffrances.

Je me suis jetée à genoux au pied de son lit en pleurant et, silencieusement, j'ai remercié Dieu d'être resté sourd à ma plainte impie, de m'avoir conservé Robert, de m'avoir refusé cette liberté criminelle que je prends honte d'avoir souhaitée, ce dont je demande pardon à Dieu de tout mon cœur.

Que Dieu mette ainsi ma constance à l'épreuve, c'est ce que je sentirais mieux encore, si l'abbé ne cherchait pas à m'en convaincre. C'est contre ce qu'il me dit à présent que je regimbe, au moment même où d'autre part je me soumets ; comme si l'esprit de révolte, que j'accueillais imprudemment et que je repousse à présent, se rabattait sur cette maigre prise. Je lui laisse cet os à ronger. Mais je comprends aujourd'hui combien l'abbé était en droit d'accuser mon orgueil dans ma révolte d'hier ; combien entre en effet d'orgueil dans cette mesquine irritation qui me prend à l'entendre à présent me

prêcher un devoir que j'accepte et que plus n'est
besoin qu'il m'enseigne. De cela aussi, mon Dieu,
je m'accuse, et je saurai m'humilier jusqu'à prendre
exemple de Robert dont je méconnaissais les mérites.

Maman s'offre à me remplacer près de Gustave
et part ce soir pour Arcachon.

16 juillet.

Robert continue à se plaindre de vives douleurs
de tête, mais la radiographie, à laquelle on l'a soumis
hier, a pleinement rassuré Marchant, qui d'abord
craignait une fracture du crâne. Quant au bras, c'est
simplement une affaire de patience, affirme-t-il ;
dans un mois, Robert en aura recouvré l'usage. Je
me rassure aussi ; mais hélas, l'inquiétude était-elle
nécessaire pour m'incliner et me rapprocher de Robert, ou pour obtenir de lui des accents qui trouvent
écho dans mon cœur ? Je crois qu'il a eu peur de mourir, et sans doute est-ce cette crainte qui, pour la
première fois de sa vie, lui fit rendre un son véritable.
Mais cette appréhension de la mort, c'est depuis
qu'il ne l'a plus vraiment, qu'il la joue et qu'il invente
des *novissima verba* sublimes. Et c'est depuis que
je ne suis plus inquiète pour lui que j'observe froidement tout cela.

Il s'émeut au son de sa propre voix jusqu'aux
larmes et nous en ferait verser à tous si nous ne le
savions parfaitement hors de danger. Cependant

il est bien trop fin pour ne pas comprendre qu'avec
certains il en serait pour ses frais, aussi proportionne-
t-il ses effets au crédit dont il sent qu'il dispose. Avec
Marchant, il ne se risque guère, mais fait l'esprit
fort et plaisante ; il réserve le pathétique pour l'abbé
qui le trouve « édifiant », pour papa qui le trouve
« antique » et sort de la chambre en étouffant de gros
sanglots. Je crois qu'en face de moi il ne se sent pas
bien à son aise et craint de donner prise, car il s'efforce
d'être simple, ce qui, pour lui, est on ne peut moins
naturel. Mais je suis toute surprise de voir qu'il y a
une personne devant laquelle il s'observe encore
davantage : c'est Geneviève. Hier, à certaines paroles
de son père, pas trop pompeuses pourtant, j'ai vu
se dessiner sur ses lèvres une sorte de sourire, un pli
narquois, et son regard a cherché le mien, qu'aussitôt
j'ai chargé du plus de sévérité que j'ai pu. Nous ne
pouvons empêcher nos enfants de nous juger, mais
il m'est intolérable que Geneviève puisse espérer
trouver en moi un assentiment à sa malice.

17 juillet.

Marchant ne s'explique pas bien l'état de Robert
qui continue à se plaindre de douleurs de tête ; ou
du moins, car j'ai tort de dire qu'il se plaint, en silence il crispe par instants ses traits, serre les dents,
comme quelqu'un qui maîtrise une violente douleur,
et, si alors on lui demande s'il souffre, fait signe que

oui, non pas même par un hochement de tête, mais,
ce qu'il estime sans doute plus éloquent, par un
simple clignement de paupières sur un regard agonisant. Marchant soutient qu'il n'a rien et reste assez
sceptique, je crois, sur l'authenticité de ces affres,
perplexe tout au moins et dans l'expectative. Il a
appelé en consultation un confrère, qui n'y voit rien
de plus que lui et m'affirme que j'aurais tort de m'effrayer. Mais je sens bien qu'il ne plaît pas à Robert
d'être rassuré, ou plutôt qu'il lui déplaît qu'on nous
rassure.

— La science des hommes est chose bien pré-
caire, a-t-il formulé sentencieusement, après que
les docteurs sont partis, ajoutant, pour plus de so-
lennité : — et je parle des plus savants.

Mais, hier, il n'a consenti à prendre aucune nour-
riture, a condamné sa porte qu'assiégeaient un trop
grand nombre d'importuns, et, ce matin, il a demandé
qu'on fasse revenir d'Arcachon ma mère et Gustave.
Une dépêche les annonce pour ce soir.

L'écueil, pour lui, ce sont les phrases trop connues,
les « dernières paroles » célèbres, les « clichés » ;
il le sent et j'admire avec quel art il les évite. Du
reste il parle peu. On n'a pas toujours du sublime
inédit à son service. Mais une de ses plus récentes
inventions, c'est de se déprécier à plaisir ; cela prend
à merveille sur l'abbé, qui n'y voit qu'humilité
chrétienne et contrition. Quand Robert le sait près
de son lit:

— Voici le moment — murmure-t-il en fermant

les yeux —, de comparer le peu de bien qu'on a fait à tout le bien que l'on aurait pu faire.

Puis, comme chacun de nous se tait, il reprend :

— Je me suis beaucoup agité pour pas grand-chose ; — et, tournant les yeux vers l'abbé : — Espérons que Dieu ne mesure pas l'effort de l'homme au peu de résultat qu'il obtient.

Une potion calmante que je lui verse fait entracte ; après quoi, le voici qui reprend :

— L'eau courante n'est pas un bon miroir, mais quand l'eau se repose, l'homme peut y contempler son visage.

Alors il reprend souffle, se tourne du côté du mur, comme pour détourner son regard d'une vision trop abjecte, et, plus haut, sur un ton de reproche, de chagrin, de dégoût, de mépris et d'intime désolation :

— Je n'y vois que niaiserie méchanceté, suffisance...

L'abbé l'interrompit :

— Allons, allons, mon ami ; Dieu qui lit dans le secret des cœurs saura bien y distinguer autre chose encore.

Hélas, pour moi je ne peux plus y voir que comédie.

18 juillet

Maman est rentrée hier soir avec Gustave. Avant de recevoir son fils, Robert a voulu faire un peu de

toilette ; mais il a tenu à conserver l'inutile bandeau
qui lui couvre la moitié du front. Sous prétexte
que la lampe lui fatiguait les yeux, il l'a fait poser de
manière que son visage restât dans la pénombre.
Papa était allé rejoindre ma mère et Gustave dans le
salon et leur donnait les très rassurantes nouvelles ;
Geneviève restait avec moi dans la chambre, ainsi
que Charlotte qui achevait de ranger les affaires
de toilette. Nous avions l'air de préparer un tableau
vivant. Quand tout fut prêt, Geneviève fit entrer.

Il eût été bien naturel que Gustave accourût
embrasser son père ; mais celui-ci ne l'entendait pas
ainsi. Il tenait à ce moment les yeux fermés et son
visage avait pris une expression si majestueuse, que
Gustave s'arrêta tout interdit. Papa et maman
restaient un peu en arrière. On entendit Robert :

— Et maintenant, approchez-vous... car je me
sens très faible.

Il rouvrit un œil, pour voir Charlotte qui faisait
mine de se retirer discrètement.

— Restez, restez, ma bonne Charlotte ; vous
n'êtes pas de trop.

Après toutes les phrases finales de ces jours derniers,
j'étais assez curieuse de ce qu'il allait encore inventer ;
mais le sentiment paternel pouvait fournir de nouveaux thèmes. S'adressant donc particulièrement à
Geneviève et à Gustave qui s'étaient rapprochés du
lit, comme des acteurs bien stylés :

— Mes enfants, c'est à vous à présent de prendre
le flambeau que...

Mais il ne put achever sa phrase. Comme n'y

tenant plus, Geneviève lui coupa tout à coup la
parole et, d'une voix claire et presque enjouée :

— Mais, papa, tu nous parles comme si tu te dis-
posais à nous quitter. Nous savons tous que tu es
presque guéri et que tu pourras te lever dans quelques
jours. Tu vois que tu ne fais pleurer que Charlotte.
Quelqu'un qui entrerait croirait qu'elle est seule à
avoir du cœur.

— Monsieur Gustave voit bien que son papa
pleure aussi — s'écria Charlotte (et en effet, Robert,
en parlant, versait de grosses larmes), puis, s'étant
rapprochée un peu du lit et encouragée par notre
silence : — Si Monsieur se sent faible, c'est peut-
être seulement qu'il a besoin de prendre. Je m'en
vais lui chercher du bouillon.

Après quoi il ne resta plus à Robert qu'à demander
si maman avait fait bon voyage et si Gustave s'était
plu à Arcachon.

19 juillet.

Geneviève n'aime pas son père. Comment ai-je
mis si longtemps à m'en apercevoir ? C'est aussi
que je me suis depuis longtemps fort peu souciée
d'elle. Toute mon attention se portait sur Gustave
dont la santé délicate exigeait mes soins ; je reconnais
aussi que je m'intéressais à lui davantage ; tout
comme son père, il sait plaire, et je retrouve en lui
tout ce qui, chez Robert, m'avait naguère tant char-

mée avant de me tant décevoir. Quant à Geneviève,
je la croyais absorbée par ses études, indifférente à
tout le reste. A présent j'en viens à douter si j'eus
raison de l'encourager à s'instruire. Je viens d'avoir
avec elle une conversation terrible, où tout à la fois
j'ai compris que c'était avec elle que je pourrais le
mieux m'entendre, compris également pourquoi je
ne veux pas m'entendre avec elle : c'est que je crains
de retrouver en elle ma propre pensée, plus hardie,
si hardie qu'elle m'épouvante. Toutes les inquiétudes,
tous les doutes, qui purent m'effleurer parfois, sont
devenus chez elle autant de négations effrontées.
Non, non, je ne veux pas consentir à les reconnaître.
Je ne puis accepter qu'elle parle de son père avec
tant d'irrespect ; mais, comme je tentais de lui faire
honte : « Avec ça que toi tu le prends au sérieux »,
m'a-t-elle jeté à la face, si brutalement que je me
suis sentie rougir et n'ai su rien lui répondre, ni lui
cacher ma confusion. Elle m'a déclaré sitôt ensuite
qu'elle ne pouvait admettre le mariage s'il devait
conférer au mari des prérogatives ; que, pour sa part,
elle n'accepterait jamais de s'y soumettre, qu'elle
était bien résolue à faire, de celui dont elle s'épren-
drait, son associé, son camarade, et que le plus prudent
était encore de ne l'épouser point. Mon exemple
l'avertissait, la mettait en garde et, d'autre part,
elle ne saurait trop me remercier de l'avoir, par
l'instruction que je lui avais donnée, mise à même
de nous juger, de vivre d'une vie personnelle et de
ne point lier son sort à quelqu'un qui peut-être ne
la vaudrait point.

Tandis qu'elle marchait à grands pas dans la pièce, je restais assise, accablée par le cynisme de ses propos. Je l'ai priée de baisser la voix, craignant que son père pût l'entendre, mais elle alors :

— Eh bien! quand il nous entendrait... Tout ce que je te dis, je suis prête à le lui redire ; tu peux même le lui redire toi-même. Redis-le-lui. Oui ; c'est ça, redis-le-lui.

Il me parut qu'elle ne se possédait plus ; je la quittai. Tout ceci se passait il y a quelques heures à peine...

20 juillet.

Oui, ceci se passait hier, avant le dîner. Et sans doute Geneviève a-t-elle été sensible à la tristesse que, durant le repas, je ne parvenais pas à cacher. Elle est venue me retrouver dans la soirée. Elle s'est jetée dans mes bras comme une enfant ; elle me caressait le visage et m'embrassait comme elle faisait jadis, et si tendrement que je n'ai pu retenir mes larmes.

— Ma petite maman, je t'ai fait du chagrin — m'a-t-elle dit. — Il ne faut pas trop m'en vouloir ; mais, vois-tu, avec toi, je ne puis pas, je ne veux pas mentir. Je sais que tu peux me comprendre, et moi je te comprends beaucoup mieux que tu ne voudrais. Il faut que je te parle davantage. Il y a des choses, vois-tu, que tu m'as appris à penser et que tu n'oses

pas penser toi-même ; des choses auxquelles tu crois
que tu crois encore et auxquelles, moi, je sais que je
ne crois plus du tout.

Je me taisais, n'osant lui demander quelles étaient
ces choses ; et, brusquement, elle m'a demandé si
c'était à cause d'elle et de Gustave que j'étais restée
fidèle à leur père ? « car je n'ai jamais douté que
tu ne lui sois restée fidèle », a-t-elle ajouté en me
considérant fixement, comme on regarde un enfant
qu'on chapitre. Si monstrueux que me parût ce
retournement de nos rôles, j'ai protesté que l'idée de
tromper mon mari n'avait jamais effleuré ma pensée ;
elle me dit alors qu'elle savait très bien que j'avais
aimé Bourgweilsdorf.

— Il se peut, mais je n'en ai moi-même rien su —,
ai-je riposté sèchement.

Mais elle :

— Tu ne pouvais ne pas te l'avouer, mais lui
s'en doutait bien, j'en suis sûre.

Je m'étais levée pour m'écarter d'elle, prête à
quitter la pièce si elle continuait de me parler ainsi,
en tout cas décidée à ne plus lui répondre. Il y eut un
assez long silence et je me suis assise, ou plutôt
laissée tomber dans un autre fauteuil, car je me
sentais à bout de forces. Aussitôt elle s'est précipitée
de nouveau dans mes bras, s'est assise sur mes genoux, et, plus caressante que jamais :

— Mais, maman, comprends bien que je ne te
blâme pas.

Et comme je sursautais à ces mots, elle m'a pris
les deux bras pour m'immobiliser, en riant, comme

pour atténuer par un ton de gaminerie l'intolérable inconvenance de ses paroles.

— Je voudrais seulement savoir s'il y a eu de ta part un sacrifice ?

Elle était redevenue très sérieuse ; quant à moi je faisais effort pour garder un visage impassible ; elle a compris que je ne lui répondrais point et a repris :

— Quel beau roman je pourrais écrire sous ta dictée ! Ça s'appellerait : *Les Devoirs d'une mère ou Le Sacrifice inutile.*

Et comme je ne disais toujours rien, elle a commencé à remuer la tête de droite et de gauche en manière de lente dénégation :

— Ce n'est pas parce que tu t'es faite l'esclave de ton devoir... — puis elle s'est reprise : — d'un devoir imaginaire... Non, non, tu sens bien que je ne puis pas t'en être reconnaissante. Non, ne proteste pas. Je crois que je ne pourrais plus t'aimer si je me sentais ton obligée, si je sentais que tu me crois ton obligée. Ta vertu est à toi ; je ne supporte pas de me sentir engagée par elle. — Puis changeant de ton brusquement :

— Maintenant dis-moi vite n'importe quoi pour que tout à l'heure, quand je serai seule dans ma chambre, je ne sois pas furieuse de t'avoir dit tout cela.

Je me sentais mortellement triste et n'ai pu que l'embrasser sur le front.

Je n'ai pas dormi cette nuit. Les phrases de Geneviève retentissent dans le vide affreux de mon cœur. Ah! je n'aurais pas dû la laisser parler. Car à présent

je ne sais plus si c'est elle qui parle, ou moi-même.
Cette voix que j'ai laissée s'élever, voudra-t-elle
jamais plus se taire ? Si je ne suis pas plus effrayée,
c'est que ma lâcheté me rassure. Ma pensée se révolte
en vain ; malgré moi je reste soumise. Je cherche
en vain ce que j'aurais pu faire de plus, ce que j'aurais
pu faire d'autre dans la vie ; malgré moi je reste atta-
chée à Robert, à mes enfants qui sont les enfants
de Robert. Je cherche où fuir, mais je sais bien que
cette liberté que je souhaite, si je l'avais je ne saurais
qu'en faire. Et j'entends comme un glas ces mots
que Geneviève me disait un jour en riant :

— Tu auras beau faire, ma pauvre maman, tu ne
seras jamais qu'une honnête femme.

22 juillet.

J'écrirai mes pensées sans suite...

Le respect de mes enfants me retenait, et j'aimais
à m'appuyer contre ; ce soutien, Geneviève me
l'enlève. Je n'ai même plus cela pour m'aider. C'est
contre moi seule à présent que je me débats ; ce
n'est que de ma propre vertu que je me sens irrémé-
diablement prisonnière.

Et si encore Robert me fournissait quelques
griefs ! mais non ; ces défauts dont je souffre et que
j'ai pris en haine, ce n'est pas contre moi qu'il les
tourne et je ne puis lui reprocher que son être ;
du reste aucun autre amour ne m'entraîne, et je

ne songe pas à le trahir, du moins pas autrement
qu'en m'en allant. Ah! je voudrais seulement le
quitter...

Si encore il était infirme! S'il ne pouvait se passer
de moi.

Ce n'est pas avant quarante ans que je puis renoncer à vivre. Dieu ne m'accordera-t-il point d'autres devoirs que ce mortel effacement et une résignation misérable?

Quel conseil espérer? et de qui? Mes parents sont
dans l'admiration de Robert et me croient parfaitement heureuse. Pourquoi les détromper? Qu'espérer
d'eux, sinon de la pitié peut-être, dont je n'ai que
faire?

L'abbé Bredel est trop âgé pour me comprendre.
Et que me dirait-il de plus que ce qu'il me disait à
Arcachon, qui ne fit qu'augmenter ma détresse:
m'ingénier à cacher aux enfants la médiocrité de
leur père. Comme si... Mais je ne veux point lui
parler de la conversation que je viens d'avoir avec
Geneviève; ceci ne ferait que l'enfoncer dans l'opinion qu'il a d'elle, qui n'est pas bonne; et je sais
bien qu'aux premiers mots qu'il m'en dirait, je
prendrais le parti de Geneviève. Quant à elle, jamais
elle n'a pu supporter l'abbé, et tout ce que je puis
obtenir c'est qu'elle ne lui dise pas d'insolences.

Marchant?... Avec lui, certes oui, je pourrais
m'entendre. Je ne m'entendrais que trop bien.
C'est pour cela que je me tais. Et puis je ne me
pardonnerais pas de troubler le bonheur d'Yvonne.
Je suis trop son amie pour ne pas tout lui cacher.

Mais tandis que j'écris ceci, une idée surgit soudain en moi. Elle est peut-être absurde, mais je la
sens impérieuse : la personne à qui je dois parler
de Robert, c'est Robert lui-même. Ma résolution
est prise : je lui parlerai dès ce soir.

23 juillet.

Hier soir je m'apprêtais à passer dans la chambre
de Robert pour cette explication que je m'étais
promise d'avoir avec lui, lorsque papa s'est fait
annoncer. Il lui est si peu habituel de venir à cette
heure tardive que je me suis d'abord écriée :

— Maman n'est pas souffrante ?

— Ta maman va parfaitement.

Et, tandis qu'il me pressait dans ses bras :

— C'est toi, mon petit, qui ne vas pas. Ta, ta, ta,
ne proteste pas. Voilà déjà longtemps que je sens
qu'il y a quelque chose qui cloche... Ma petite Éveline, je ne peux pas supporter de te sentir malheureuse.

J'ai commencé par dire :

— Mais, papa, tout va très bien. Qu'est-ce qui
te fait croire ?...

J'ai dû m'interrompre, car il m'avait posé ses
deux mains sur les épaules et me regardait si fixement que j'ai senti que je me décontenançais.

— Ces pauvres yeux battus en disent long. Voyons,
ma petite fille... ma petite Éveline, pourquoi te
caches-tu de moi ? Robert te trompe ?

Cette question était si inattendue que je m'écriai
bêtement, comme malgré moi :

— Ah! plût au ciel!...

— Mais... alors c'est sérieux. Voyons, parle :
qu'est-ce qu'il y a ?

Il était si pressant que je n'ai plus pu me retenir.

— Non, Robert ne me trompe pas — lui ai-je
dit. — Je n'ai rien à lui reprocher ; et c'est précisément ce qui me désespère.

Et comme je voyais qu'il ne comprenait pas.

— Tu te souviens, quand, dans les premiers temps,
tu t'opposais à mon mariage, je te demandais alors
ce que tu reprochais à Robert, et je m'indignais
quand tu ne trouvais rien à me dire. Pourquoi ne
me répondais-tu pas ?

— Mais, ma petite enfant, je ne sais plus. Il y a
si longtemps... Oui, j'ai d'abord méjugé Robert.
Ses façons ne me plaisaient pas. Heureusement j'ai
assez vite compris que je me trompais...

— Hélas! papa, c'est alors que tu le jugeais bien.
Ensuite tu as cru que tu te trompais parce que
j'étais heureuse avec lui. Mais cela n'a pas duré.
J'ai compris à mon tour... Non, tu ne te trompais
pas. J'aurais dû t'écouter alors, comme je faisais
quand j'étais une petite fille bien sage.

Il est resté longtemps, hochant la tête, comme
accablé. Il murmurait :

— Mon pauvre petit... Mon pauvre petit, — si
tendrement que je me désolais de lui causer tant de
peine. Mais il fallait aller jusqu'au bout. J'ai fait
appel à tout mon courage et j'ai dit :

— Je veux le quitter.

Il a eu un sursaut de tout le corps et a fait : « Hé
là! Hé là! » sur un ton tellement bizarre que j'aurais
ri si j'en avais eu le cœur. Puis il m'a prise près de
lui sur le canapé où il était assis et, tout en me caress-
sant les cheveux :

— C'est ton abbé qui en ferait une drôle de tête,
si tu faisais cette bêtise-là. Tu lui as parlé de tout
ça?

Je fis signe que oui, puis dus lui avouer que je ne
m'entendais plus avec l'abbé aussi bien que par le
passé, ce qui le fit sourire et me regarder d'un petit
air gouailleur. L'idée de cette victoire indirecte sur
quelqu'un qu'il avait toujours eu en grippe semblait l'amuser beaucoup.

— Tiens! tiens... — Mais changeant de ton :
— Ma chère enfant, parlons sérieusement, c'est-à-
dire pratiquement.

Alors il m'expliqua que si je quittais le foyer
conjugal, je mettrais de mon côté tous les torts.

— On ne comprend d'ordinaire le prix d'une
bonne réputation qu'après qu'on l'a perdue. Ma
petite Éveline a toujours été un peu chimérique.
Où irais-tu? Que ferais-tu? Non, non; c'est avec
Robert que tu dois continuer à vivre. Somme toute
ce n'est pas un méchant garçon. Si tu tâchais de
t'expliquer avec lui, il comprendrait peut-être...

— Il ne comprendra pas ; mais je lui parlerai
tout de même, et cela ne fera que resserrer le nœud
coulant.

Alors il a repris disant qu'il ne fallait pas chercher

à s'en échapper mais « à établir un *modus vivendi* »
et à « chercher un tempérament ». Il use volontiers
des mots qui lui en imposent un peu, comme pour
se prouver à lui-même qu'ils ne lui font pas peur.
Puis, sans doute dans l'espoir de me consoler, il
s'est mis à me parler de ma mère et à me raconter
comment lui non plus n'avait pas trouvé dans le
mariage tout ce qu'il en avait attendu. Il ne s'en
était encore jamais ouvert à personne, m'a-t-il dit,
aussi paraissait-il extraordinairement soulagé de
pouvoir enfin y aller et s'en donnait-il à cœur joie.
Je ne me sentais point le courage de l'interrompre,
mais j'étais indiciblement gênée par ses confidences,
aussi gênée que dans mon atroce conversation avec
Geneviève. Je pense que, d'une génération à l'autre,
il n'est pas trop bon que ces communications s'éta-
blissent, qui violentent chez l'un des deux une pudeur qu'il vaut sans doute mieux respecter.

Il y avait encore une autre raison à ma gêne, dont
il m'est désagréable de parler car j'aime trop papa
pour ne pas souffrir d'avoir à le juger et je voudrais
ne jamais le trouver en faute, une raison sur laquelle je
me tairais si je ne me devais ici d'être sincère. Lorsque
papa en vint à me raconter ses ambitions de jeunesse et tout ce qu'il estimait qu'il eût pu faire s'il
se fût senti mieux compris et plus secondé par maman, je ne pouvais me retenir de penser qu'il n'eût
tenu qu'à lui d'obtenir de lui davantage et que, s'il
n'avait pas su tirer meilleur parti de son intelligence
et de ses dons, il ne lui déplaisait pas d'en croire
maman responsable. Je ne doute pas qu'il n'ait

souffert de l'esprit uniquement pratique et borné de maman, mais je crois qu'il aime assez pouvoir dire : « Ta mère ne veut pas... Ta mère n'est pas d'avis que... » et à se reposer là-dessus.

Il m'a dit ensuite qu'il ne connaissait pas de ménage dont l'union fût si parfaite que l'un des deux époux n'ait pu souhaiter parfois ne s'être jamais engagé. Je n'ai pas protesté car papa n'aime pas beaucoup qu'on le contredise, mais je ne puis admettre cela qui me fait l'effet d'un blasphème.

Notre conversation s'est prolongée fort avant dans la nuit. Papa en a été, je crois, très réconforté et n'a pas compris qu'il me laissait plus désespérée que jamais.

24 juillet.

Un nœud coulant... Et tout effort pour m'en dégager le resserre... La grande explication avec Robert a eu lieu. J'ai joué ma dernière carte et perdu la partie. Ah! j'aurais dû fuir sans rien dire, ni à papa, ni à personne. Je ne peux plus. Je suis vaincue.

J'ai trouvé Robert étendu sur sa chaise longue, car il commence à quitter son lit depuis quelques jours.

— Je venais voir si tu n'avais besoin de rien, lui ai-je dit, cherchant quelque entrée en matière.

De sa voix la plus angélique :

— Non merci, chère amie. Ce soir je me sens

vraiment mieux et commence à croire que la mort ne veut pas encore de moi.

Puis, comme il ne manque pas une occasion de marquer sa générosité, sa délicatesse et sa grandeur d'âme :

— Je t'ai donné bien du souci. Je voudrais être sûr que je mérite tous les soins qu'on m'a prodigués.

Je m'efforçais de le regarder avec indifférence :

— Robert, je voudrais avoir avec toi une conversation sérieuse.

— Tu sais, mon amie, que je ne me refuse jamais à parler sérieusement. Quand on a vu la mort d'aussi près que je l'ai vue ces jours derniers, on est tout naturellement porté aux pensées graves.

Mais brusquement je cessai de comprendre de quoi je me plaignais et ce que j'étais venue dire. Ou plus exactement : ce dont j'avais à me plaindre me parut tout à coup parfaitement informulable. Surtout je ne savais comment, par quelle phrase, par quelle question commencer ; pourtant j'étais fermement résolue à engager la lutte et me redisais, jusqu'à l'affolement : « Tu ne le feras jamais si tu ne le fais pas maintenant. » De sorte qu'il me parut qu'il n'importait peut-être pas beaucoup par quelle phrase ouvrir l'attaque et que le mieux était de se fier à une sorte d'inspiration qui ne manquerait pas de me secourir sitôt ensuite. Alors, comme un plongeur qui se lance les yeux fermés dans le gouffre :

— Je voudrais, Robert, que tu me dises, si tu t'en souviens encore, pour quelles raisons tu m'as épousée.

Certainement il s'attendait si peu à une question
de ce genre qu'il en parut un instant tout étonné.
Un instant seulement, car Robert, en quelque situation que les événements le mettent, est toujours
extraordinairement prompt et habile à se ressaisir.
Il me rappelle ces marionnettes à tête légère qui
d'elles-mêmes se redressent toujours sur leurs pieds.
Tout en me regardant pour tâcher de comprendre
quelle intention cachaient mes propos et pour do-
ser sans doute sa défense :

— Comment peux-tu parler ici de raisons, quand
il s'agit de sentiments ?

Robert sait s'y prendre de manière à dominer
toujours un adversaire. Quoi qu'on fasse, le point
de vue où il se place semble aussitôt le plus élevé.
Je sentis que j'allais, comme aux échecs, perdre
l'avantage de l'attaque. Mieux valait l'amener de
nouveau à se défendre :

— Je t'en prie, tâche de me parler simplement.

Il protesta tout aussitôt :

— On ne peut pas parler plus simplement que
je fais.

C'était vrai, et je sentis aussitôt l'imprudence de
ma phrase. Elle contenait un vieux reproche qui
certes avait eu le temps de grossir dans mon cœur ;
mais, pour une fois, ce reproche était immotivé.

— Oui, ceci, tu me le dis simplement. Mais le
plus souvent ta grandiloquence m'accable et tu te
réfugies dans des régions sublimes où tu sais que je ne
pourrai pas te suivre.

— Il me semble, chère amie — dit-il en souriant affablement et de son ton le plus suave — que, pour l'instant, c'est toi qui ne parles pas simplement. Voyons, dis-moi tout net : tu as quelque chose à me reprocher. Je t'écoute.

Mais le mode de Robert, cette façon de s'exprimer qui m'était devenue à ce point insupportable, c'est moi qui la prenais à présent, tout comme il m'arrivait quand j'étais plus jeune, par sympathie, de prendre l'accent anglais quand je parlais avec un Anglais, au grand amusement de papa. Est-ce pour la même raison que Robert en s'adressant à moi se trouvait comme forcé de parler simplement, tandis qu'irrésistiblement, en lui parlant, j'adoptais son ton et ses manières ? Je m'enferrais de plus en plus.

— Comme je me sentirais soulagée si je pouvais te reprocher quelque chose de précis — hasardai-je. — Mais non ; je ne sais que trop que tu ne te mets jamais dans ton tort, comme je viens déjà de m'y mettre moi-même sitôt que j'ai cherché à m'expliquer avec toi. Et pourtant je t'assure que je ne cède à aucun mouvement irréfléchi. Cette conversation que je me promets depuis longtemps d'avoir avec toi et que je remets de jour en jour...

Je ne pus achever ; ma phrase était déjà trop longue. Je repris d'une voix si basse que je m'étonnai qu'il pût m'entendre :

— Écoute, Robert. Simplement, je ne puis plus vivre avec toi.

Pour trouver la force de parler ainsi, fût-ce à voix basse, j'avais dû cesser de le regarder. Mais,

comme il se taisait, je relevai les yeux sur lui. Il me
parut qu'il avait pâli.

— Si je te demande à mon tour quelles raisons
tu aurais de me quitter, — dit-il enfin —, tu serais
à présent en droit de me répondre toi aussi que
c'est une affaire non de raisons, mais de sentiments.

— Tu vois bien que je ne te le dis pas — repris-je.

Mais lui :

— Éveline, dois-je comprendre que tu ne m'aimes
plus ?

Sa voix tremblait, juste assez pour me laisser douter si son émotion était feinte ou sincère. J'ai fait
un grand effort et, péniblement :

— Celui que j'ai passionnément aimé était très
différent de celui que j'ai lentement découvert que
tu étais.

Il haussa les sourcils et les épaules.

— Si tu parles par énigmes, je ne...

Je repris :

— J'ai peu à peu découvert que tu étais très
différent de celui que je croyais d'abord, de celui
que j'avais aimé.

Alors il se passa quelque chose d'extraordinaire :
je le vis brusquement prendre sa tête dans ses mains
et éclater en sanglots. Il ne pouvait plus être question de feinte ; c'étaient de vrais sanglots qui lui
secouaient tout le corps, de vraies larmes que je
voyais mouiller ses doigts et couler sur ses joues,
tandis qu'il répétait vingt fois d'une voix démente :

— Ma femme ne m'aime plus! Ma femme ne m'aime plus!...

J'étais loin de m'attendre à cette explosion. Je restais atterrée, sans plus savoir quoi dire, non point beaucoup émue moi-même, car évidemment je n'aime plus Robert; indignée plutôt de le voir recourir à des armes qui ne me paraissaient pas loyales, en tout cas fort gênée de me sentir la cause d'un chagrin véritable et devant lequel mes griefs n'avaient plus qu'à battre en retraite. Pour consoler Robert il m'eût fallu recourir à des protestations mensongères. Je m'approchai de lui et posai ma main sur son front qu'il releva tout aussitôt.

— Mais pourquoi donc alors est-ce que je t'aurais épousée? Est-ce à cause de ton nom? de ta fortune? de la situation de tes parents? Dis! Dis! Mais parle un peu que je comprenne. Tu sais bien que... que je...

Il semblait à présent si naturel, si parfaitement sincère que je m'attendais à entendre : « Que j'aurais pu trouver beaucoup mieux. » Mais ce fut : « Que c'est parce que je t'aimais » qui sortit; puis, d'une voix de nouveau coupée de sanglots :

— ... Et parce que je croyais... que... tu m'aimais.

J'étais presque scandalisée de mon indifférence. Si sincère que l'émotion de Robert pût être à présent, le déploiement de cette émotion me glaçait.

— Je pensais que cette explication ne serait pénible que pour moi, commençai-je; mais il m'interrompit :

— Tu dis que je ne suis pas celui que tu avais cru. Mais alors toi non plus tu n'es pas celle que je croyais. Comment veux-tu que l'on sache jamais si l'on est bien celui que l'on doit être ?

Puis, selon son habitude de s'emparer de la pensée d'autrui pour la plier à son usage (ce qu'il fait, je crois bien, le plus inconsciemment du monde) :

— Mais aucun de nous, ma pauvre amie, aucun de nous ne se maintient constamment à la hauteur de ce qu'il voudrait être. Tout le drame de notre vie morale est là, précisément... Je ne sais si tu saisis ?... (Cette phrase-tic vient immanquablement lorsqu'il commence à changer de sujet et qu'il sent que l'interlocuteur s'en rend compte.) Il n'y a que les êtres sans idéal qui...

— Mon ami, mon ami, — fis-je doucement avec un geste de la main pour l'interrompre, sachant bien que sur ce terrain doctrinal une fois lancé, il ne s'arrêterait pas de lui-même. Mon interruption le fit un peu dévier.

— Comme si, dans la vie, on n'était pas forcé d'en rabattre... C'est-à-dire qu'on se voit forcé de ramener son idéal à portée de prise. Mais toi, tu as toujours été une chimérique.

Allons ! cela doit être vrai, puisque papa, hier, le disait aussi. Je ne pus que sourire tristement. Alors Robert, par un bondissement naturel, regagnant ces régions supérieures d'où ma plainte égoïste avait eu l'impertinence de l'arracher :

— Tu touches d'ailleurs là, chère amie, à un problème du plus haut intérêt, qui est celui même

de l'expression. Oui, vois-tu, il s'agit de savoir si,
dans l'expression, l'émotion s'épuise, ou, tout au
contraire, si elle y prend conscience d'elle-même,
et pour ainsi dire s'y crée. On en vient à douter,
en effet, si rien existe vraiment en dehors de son
apparence et si... Je vais t'expliquer ; tu vas tout
de suite comprendre.

Cette dernière phrase vient à la rescousse chaque
fois qu'il commence à s'embrouiller. Elle m'exaspère entre toutes.

— J'ai fort bien compris — interrompis-je. —
Tu veux dire que, ces beaux sentiments que tu
exprimes, je serais folle de m'inquiéter si tu les
éprouves véritablement.

Son regard se chargea soudain d'une sorte de
haine.

— Ah! par exemple, il y a plaisir à être compris
par toi — s'écria-t-il d'une voix presque stridente.
— Alors, c'est tout ce que tu retiens de notre conversation ? Je me laisse aller à te parler avec plus de
confiance et d'abandon que je n'ai fait à personne ;
je m'humilie devant toi ; je sanglote devant toi.
Mes larmes ne t'émeuvent pas le moins du monde ;
tu interprètes mes paroles et, sur un ton glacé, tu
m'invites à conclure que tout le sentiment est de
ton côté, et que tout mon amour pour toi n'est que...

Les sanglots de nouveau l'arrêtèrent un instant.
Je me levai, n'ayant plus qu'une idée : celle de mettre
fin à un entretien que j'avais su diriger si mal, qui
tournait à ma déconvenue et où je ne parvenais qu'à
me donner l'apparence de tous les torts. Comme

je posais ma main sur son bras pour lui dire adieu, il
se retourna brusquement et, dans un élan subit :

— Eh bien, non! non! Ce n'est pas vrai. Tu
t'es trompée. Si tu m'aimais encore un peu, tu
comprendrais que je ne suis qu'un pauvre être, qui
se débat, comme tous les êtres, et qui cherche,
comme il peut, à devenir un peu meilleur qu'il n'est.

Il trouvait enfin les paroles les mieux faites pour
me toucher. Je me penchai vers lui pour l'embrasser,
mais il me repoussa presque brutalement :

— Non, non. Laisse-moi. Je ne puis plus voir,
plus sentir qu'une chose : c'est que tu as cessé de
m'aimer.

Sur ces paroles je le quittai, le cœur alourdi d'une
autre tristesse, d'une tristesse qui faisait face à la
sienne et que la sienne venait de me révéler : il
m'aime encore, hélas! Je ne puis donc pas le quitter...

ÉPILOGUE

1916.

Je m'étais promis de ne plus rien écrire dans ce cahier...

Bien peu de temps après l'explication avec Robert que j'y raconte, les graves événements qui bouleversèrent l'Europe sont venus balayer nos préoccupations personnelles. Je voudrais retrouver les convictions de mon enfance pour pouvoir prier de tout mon cœur : Mon Dieu ! protégez la France ! Mais je pense que les chrétiens d'Allemagne prient de même le même Dieu pour leur pays, malgré tout ce que l'on nous rapporte d'eux qui tende à nous les faire considérer comme des barbares. C'est dans la valeur de chacun de nous, de nous tous tant que nous sommes, que la France doit trouver sa protection, sa défense ; et j'ai pu croire d'abord que Robert l'avait profondément compris. Je l'ai vu se désoler d'être arrêté par sa convalescence ; puis, quelques mois après, consulter Marchant sur la manière d'obtenir le certificat

médical qui lui permît de s'engager. Pourquoi m'a-
t-il fallu apprendre ensuite que sa classe allait être
appelée, qu'il courait le risque d'être versé de l'armée
auxiliaire dans l'armée active, et qu'en devançant
l'appel, il restait libre de choisir son affectation ;
ce qu'il fit avec la précaution la plus grande, et en
usant de toutes les protections. Pourquoi redire
ici tout cela ? Je voudrais ne parler que de la scène
atroce que je viens d'avoir avec lui et qui va décider
de ma conduite. Mais comment l'expliquer si je ne
parle d'abord du nouveau conseil de révision qu'il
dut passer et où il trouva le moyen de se faire ré-
former comme atteint de « céphalée chronique à la
suite de traumatisme » ; c'est alors que j'ai voulu
partir pour un des hôpitaux du front, où j'étais
assurée que l'on accepterait mes services ; mais il
fallait l'autorisation de Robert. Il me l'a refusée
brutalement, avec des paroles très dures, disant
que je ne faisais cela que pour le mortifier, lui faire
la leçon, lui faire honte... J'ai dû céder, attendre,
et me contenter de Lariboisière, où souvent je passais
la nuit, de sorte que je ne le voyais plus que très peu.
Je fus stupéfaite, un matin, de le retrouver en costume
militaire. Il venait, grâce à sa connaissance de l'anglais,
de se faire accepter par un comité de secours améri-
cain, ce qui lui permettait de revêtir un uniforme,
bien que ne faisant plus partie de l'armée, et de prendre un air martial. Mais le pauvre n'eut guère de
chance : ses déclarations patriotiques lui valurent
bientôt d'être désigné pour Verdun. Comme il ne
pouvait décemment se dérober, il « crut devoir »

prendre la chose crânement, si bien qu'il reçut au bout de peu de temps la croix de guerre, à la grande admiration de Gustave, de mes parents et de quantité d'amis qui s'extasièrent. A Verdun même, où il m'appela à l'aller voir, il trouvait moyen de faire figure de héros. Je crois qu'il n'attendait que cette décoration pour se faire renvoyer dans ses foyers, ce qui, avec les protections dont il dispose, ne lui fut pas trop difficile. Comme je m'étonnais de ce retour subit, qui ne concordait guère avec les belles déclarations de constance que je lui entendais faire, il y a peu de temps, à Verdun même, il m'expliqua qu'il savait de source certaine que la guerre était tout près de finir, et qu'il sentait qu'il pourrait à présent être plus utile à Paris même où le moral lui paraissait moins bon que sur le front.

Il y a deux jours de cela... Je ne lui ai pourtant fait aucun reproche. Depuis notre pénible explication j'accepte tout de lui sans rien dire. Ce ne sont point tant ses actes que je méprise, ce sont les raisons qu'il en donne. Peut-être a-t-il lu ce mépris dans mes yeux. Il s'est tout à coup rebiffé. Sa décoration ne lui permet plus de douter de l'authenticité de ses vertus et tout à la fois l'en fait quitte. Moi qui n'ai pas la croix de guerre, j'ai besoin de la vertu même, pour elle-même et non pour l'approbation qu'elle nous vaut. La « chimérique » que je suis a besoin de réalité... Après s'être naïvement félicité de s'être tiré de la guerre à bon compte, et comme je ne pouvais réprimer un sourire :

— Avec ça que tu n'aurais pas fait comme moi! s'est-il écrié tout à coup.

Non, Robert, ceci je ne te permets pas de le dire : je ne te permets surtout pas de le penser. Je n'ai rien répondu, mais tout aussitôt ma résolution a été prise. J'ai pu revoir Marchant le soir même et convenir de tout avec lui. Il a bien voulu faire pour moi les démarches nécessaires. Demain je pars sans bruit pour Châtellerault. Dans cet hôpital de l'arrière, aux yeux de tous je paraîtrai parfaitement à l'abri. C'est ce que je souhaite. Geneviève seule sait à quoi s'en tenir. Comment a-t-elle pu se rendre compte du genre de malades que l'on soigne là-bas? Je ne sais... Elle m'a suppliée de la laisser m'accompagner et prendre du service à mes côtés. Mais je ne puis supporter qu'à son âge elle s'expose ainsi ; elle a toute sa vie devant elle. « Non, Geneviève, là où je vais tu ne peux pas, tu ne dois pas me suivre », lui ai-je dit en l'embrassant très tendrement comme pour un adieu. Ma chère Geneviève non plus ne peut se satisfaire de l'apparence. Je l'aime bien. C'est pour elle que j'écris ici. C'est à elle que je lègue ce cahier si je dois ne pas revenir...

Robert

Cuverville, 5 septembre 1929.

Mon cher ami,

Une lettre de vous, après lecture de mon École des femmes, m'exprimait vos regrets de ne connaître le mari de mon « héroïne » qu'à travers le journal de celle-ci.

« — Combien l'on souhaiterait, m'écriviez-vous, de pouvoir lire, en regard de ce journal d'Éveline, quelques déclarations de Robert. »

Ce petit livre répond peut-être à votre appel. Il est tout naturel qu'il vous soit dédié.

PREMIÈRE PARTIE

Monsieur,

Encore que mon premier sentiment, à la lecture de votre *École des femmes*, ait été l'indignation, je ne me permettrai pas de vous en vouloir à vous personnellement. Vous avez jugé bon de livrer au public le journal intime d'une femme, journal que celle-ci n'aurait jamais consenti d'écrire si elle eût pu se douter du sort qui lui serait fait un jour. La mode est aux confessions, aux révélations indiscrètes, sans souci du préjudice matériel ou moral que ces indiscrétions peuvent causer aux survivants ; sans souci non plus de leur déplorable exemple. Je laisse à votre conscience (nous en avons tous une) le soin d'examiner s'il vous appartenait vraiment d'aider à une publication si nettement désobligeante pour un tiers, et, la couvrant de votre nom, d'en tirer à vous gloire... et profit. Ma fille vous y invitait, me répondrez-vous ? J'exprimerai plus loin ce que je pense de sa conduite. Je sais d'autre part, et par vos propres aveux, que vous attachez volontiers plus de poids à l'opinion des jeunes gens qu'à celle de leurs parents. Libre à vous ; mais, en l'occurrence, nous voyons où cela mène ; et où cela mènerait si plus de gens vous ressemblaient, ce qu'à Dieu ne plaise! Suffit.

Vous étonnerai-je beaucoup si je vous dis que je ne suis pas le seul à ne consentir point à me reconnaître dans l'être inconséquent, vain, sans importance, que ma femme a portraicturé. « Protester, c'est s'avouer atteint par l'injure », a dit un Ancien. Quand bien même l'injure m'aurait atteint, je serais seul à le savoir, puisque mon nom n'a jamais été prononcé. Si je dis tout cela, c'est pour que vos lecteurs comprennent que ce n'est nullement le besoin de réhabilitation qui me fait aujourd'hui prendre la plume, mais bien uniquement un souci de vérité, de justice et de remise au point.

L'opinion se forme plus facilement, mais plus injustement aussi, après l'audition d'un seul témoin qu'après qu'on a prêté l'oreille aux témoignages contradictoires. Après avoir couvert de votre nom *L'École des femmes*, c'est *L'École des maris* que je vous propose ; je fais appel à votre dignité professionnelle pour publier, en pendant à cet autre livre et dans les mêmes conditions de présentation et de lançage, la réfutation que voici.

Mais, avant d'entrer en matières, j'en appelle aux honnêtes gens. Que pensent-ils, je le leur demande, d'une jeune fille qui, sitôt après la mort de sa mère, s'empare des papiers intimes de celle-ci, avant même que le mari n'en ait pu prendre connaissance ? Vous avez écrit quelque part, il m'en souvient : « J'ai les honnêtes gens en horreur », et sans doute applaudissez-vous aux gestes hardis où vous pourriez reconnaître l'influence de vos doctrines. Dans l'audace éhontée dont ma fille fit preuve, je vois le triste résultat de l'éducation « libérale » qu'il plaisait à ma femme de donner à nos deux enfants. Mon grand tort fut de lui céder, selon mon habitude, par crainte du despotisme et par horreur des discussions. Celles que nous eûmes à ce sujet furent des plus graves, et je m'étonne de n'en trouver point de traces dans son journal. J'y reviendrai.

Que l'on ne s'attende pourtant pas à me voir revenir sur tous les points où le témoignage de ma femme me paraît inexact! Et en particulier sur certaines insinuations auxquelles je croirais au-dessous de ma dignité de répondre : celles qui ont trait à mon courage patriotique et à ma conduite pendant la guerre. Éveline ne semble du reste pas se rendre compte que, douter que j'aie vraiment mérité ma citation, c'est jeter nécessairement un discrédit sur l'honorabilité ou la compétence des chefs qui me l'ont accordée. Les phrases de moi qu'elle cite, à ce sujet, les ai-je vraiment dites? Sincèrement, je ne le crois pas. Ou, si je les ai dites, ce n'est pas avec le ton et les intentions que sa malignité leur prête. En tout cas, je n'en ai pas gardé souvenir. Et je ne l'accuse pas à mon tour d'avoir volontairement et sciemment falsifié mon personnage. (Je ne l'accuse de rien.) Mais je crois qu'à un certain degré de prévention (que les Anglais appellent si bien : *prejudice*) nous entendons sincèrement autrui dire ce que nous

nous attendons à l'entendre dire, et que nous obte-
nons, en quelque sorte, des paroles de lui que le
souvenir n'aura même pas à déformer.

Ce dont, par contre, je me souviens fort bien, c'est
que je sentais qu'Éveline en était arrivée à ce point
que, quoi que ce soit que je disse, le son que mes
paroles feraient dans son âme serait le même. Elle
ne pouvait plus m'entendre que mentir.

Mais mon intention, je l'ai dit, n'est point de me
défendre. Je préfère raconter simplement à mon tour
mes souvenirs de notre vie commune. Je parlerai en
particulier de ces vingt années que son journal passe
sous silence. Ma tâche est ardue, car il me semble
sentir, tandis que j'écris, se pencher sur mon épaule le
lecteur à l'affût du moindre mot où se révèlent ma
« fourberie », ma « duplicité », etc. (ce sont les mots
dont se sont servis les critiques). Pourtant, si je sur-
veille trop mon écriture, je risque de fausser ma
ligne et de donner dans le piège de l'apprêt au moment même et d'autant plus que je m'applique à
l'éviter... La difficulté n'est pas mince. Je n'en
triompherai, ce me semble, qu'en n'y pensant point ;
qu'en écrivant au courant de la plume ; qu'en re-
partant à pied d'œuvre ; qu'en ne tenant pas compte
de ce qu'a pu dire de moi Éveline, ni penser de moi
le public. Ne suis-je pas un peu en droit d'espérer
que le public voudra bien faire de même ; je veux
dire : n'apporter point, en me lisant, un jugement
trop préconçu?

Une autre chose me gêne, il faut bien que je l'avoue.
Les critiques ont loué à l'envi le style de ma femme.

Et j'étais loin de me douter qu'Éveline pût si bien écrire. Je n'en pouvais guère juger, car, comme nous vivions toujours ensemble, je n'avais point à recevoir de lettres d'elle. Suprême éloge : on a même été supposer que ce journal avait été écrit par vous, M. Gide, qui [1]... Certes, les pages que voici ne peuvent point aspirer à donner le change. Si j'ai pu nourrir, dans ma jeunesse, quelques prétentions littéraires, je les ai vite résignées (pour parler comme vous). Et tenez, à ce sujet, pourriez-vous m'expliquer pourquoi tous les critiques (du moins ceux que j'ai lus) me présentent comme un poète raté ? alors que non seulement je n'ai jamais écrit de vers (du moins depuis mon temps de rhétorique, où, péniblement, j'avais extrait de moi quelques sonnets), mais encore jamais souhaité d'en écrire. Est-ce ma faute à moi, si Éveline m'a d'abord cru plus de dons que je n'en avais, et peut-on faire grief à quelqu'un de ne point être Racine ou Pindare, simplement parce qu'une amoureuse le prenait pour tel ?... Je voudrais insister là-dessus, parce que je crois que c'est là la raison de cruels mécomptes, tant en amitié qu'en amour : ne pas voir l'autre aussitôt tel qu'il est, mais bien se faire de lui d'abord, une sorte d'idole que, par la suite, on lui en veut de ne pas être, comme si l'autre en pouvait mais. Du reste, moi non plus, d'abord, je ne voyais point Éveline telle qu'elle était. Mais qu'était-elle donc ? Elle ne le savait pas elle-même. Elle était celle que j'aimais. Et, aussi longtemp~

---

1. Trois lignes supprimées.

qu'elle m'aima, elle s'efforça de ressembler à mon idole et s'orna des vertus que je lui croyais, qu'elle savait devoir me plaire. Aussi longtemps qu'elle m'aima, elle ne s'inquiéta pas de se connaître ; elle ne souhaitait que de se confondre avec moi... Mais nous touchons ici, je crois, à un problème d'intérêt très général et très grave. C'est pour tenter de l'élucider que j'écrirai ce qui va suivre. Je voudrais d'abord dire un peu qui j'étais avant de la connaître. Ceci aidera sans doute à comprendre ce qu'Éveline devint pour moi.

Mon enfance n'a pas été très heureuse. Mon père tenait un magasin de quincaillerie, dans une des rues les plus animées de Perpignan. Je n'avais que douze ans lorsqu'il mourut, laissant tout le poids de son négoce à ma mère qui n'entendait pas grand-chose aux affaires et que je crois que son premier commis grugeait. Ma sœur, de deux ans plus jeune que moi, était de santé délicate et nous la perdîmes quelques années plus tard. Je vivais entre ces deux femmes, fréquentant peu les garçons de mon âge, que je trouvais brutaux et vulgaires, et ne connaissant guère d'autres distractions que d'aller tous les dimanches, en compagnie de ma mère et de ma sœur, déjeuner chez une vieille tante célibataire qui vivait dans une sorte de grand mas, à trois kilomètres de Perpignan. Ma sœur et moi nous caressions ses chiens et ses chats ; nous allions pêcher des poissons rouges dans un bassin oblong, au fond d'un petit jardin, surveillés de loin par ma mère et ma tante. Nous amorcions nos lignes avec de la mie de pain parce que les vers nous dégoûtaient et que nous craignions de nous salir. C'est peut-être pourquoi nous rentrions toujours bredouilles. Nous recommencions néanmoins chaque dimanche et ne quittions nos lignes que lorsque la tante nous appelait pour le goûter. Ensuite une partie de loto-dauphin nous menait jusqu'à l'heure du départ. La vieille calèche, qui le matin était venue nous prendre, nous ramenait à Perpignan pour dîner.

Cette tante, qui mourut la même année que ma sœur, nous laissa sa fortune qui était inespérément belle ; ce qui permit à ma mère de se reposer enfin après avoir liquidé son fonds de commerce, et à moi de pousser plus avant mes études.

J'étais un assez bon élève. Pourquoi n'osé-je pas dire : un très bon ? C'est que l'application, aujourd'hui, n'est plus de mode ; les dons plutôt sont en faveur. J'étais extraordinairement appliqué et, aussi loin qu'il me souvienne, je me revois tout dominé par la prépondérante idée du devoir. C'est aussi que j'aimais ma mère et voulais lui épargner tout souci. Avant l'héritage de ma tante, mon instruction nous aurait coûté trop cher, sans la bourse que je pus obtenir. Notre vie était inexprimablement monotone et morne, et je ne reviendrais pas volontiers sur ce passé, si ce n'est pour évoquer les douces figures de ma mère et de ma sœur qui fermaient l'horizon de mon cœur. Toutes deux étaient très pieuses. Mes sentiments religieux faisaient partie, me semble-t-il,

de mon amour pour elles. Je les accompagnais à la
messe chaque dimanche, avant que la calèche ne
vînt nous emmener chez ma tante. J'écoutais fort
docilement les recommandations et les conseils de
l'abbé X..., qui s'intéressait à nous trois, et je veillais
à n'avoir pas une pensée que je ne fusse prêt à lui
dire et qu'il ne pût approuver.

Ma sœur avait seize ans quand elle mourut ; j'en
avais alors dix-huit. Je venais d'achever mes premières études, et l'héritage de ma tante m'eût permis
d'aller suivre des cours à Paris ; mais l'idée de l'iso-
lement où j'aurais laissé ma mère me fit préférer
Toulouse dont la proximité me permettait de fré-
quents retours à Perpignan. La préparation des premiers examens de droit me laissait beaucoup de liberté,
que je ne songeais à employer qu'en allant retrouver
ma mère. Je lisais beaucoup, mais pouvais aussi bien
lire près d'elle. Depuis la mort de ma tante, elle ne
voyait plus que moi. L'image de ma sœur restait entre
nous ; cette image m'accompagnait sans cesse et je
crois que je lui dois, autant qu'aux conseils de
l'abbé X..., cette horreur des plaisirs faciles où je
voyais mes camarades se laisser entraîner. Toulouse
est une ville assez grande pour offrir aux jeunes gens
dissipés maintes occasions de chute. Je proteste
aujourd'hui, comme je protestais hier, contre ces
théories modernes qui tendent à diminuer notre vertu
en prétendant que les seuls désirs auxquels on résiste
sont ceux qui ne sont pas bien forts... Je veux croire
pourtant que les secours de la religion sont indispen-
sables à l'humaine faiblesse. Je les recherchai. Et

c'est aussi pourquoi je ne pris pas orgueil de ma résistance. Au surplus je fuyais les entraînements, les
mauvaises fréquentations et les lectures licencieuses.
Et même je n'aurais pas abordé ce sujet s'il n'était
besoin de faire comprendre ce que devint pour moi
Mlle X... aussitôt que je la rencontrai. Je l'attendais.

Certainement je me rends compte aujourd'hui du
danger d'une pareille attente. Un jeune homme aussi
pur que je l'étais avec l'aide de Dieu, centralisant
soudain sur une femme unique toutes ses aspirations
latentes, risque d'auréoler à l'excès celle dont il
s'éprend. Mais n'est-ce point là le propre de l'amour ?
Du reste Éveline méritait le culte que je lui vouai tout
aussitôt et je me félicitai de n'avoir pas jusqu'alors
mésusé de mon cœur, que je pus lui offrir intact.

Mes examens passés assez brillamment, j'avais
quitté Toulouse qui n'offrait plus d'aliment suffisant
à mes curiosités intellectuelles. J'ai dit que la notion
du devoir, depuis ma tendre enfance, dominait ma
vie. Mais il m'avait bien fallu comprendre que, si
j'avais des devoirs envers ma mère, j'en avais également d'aussi sacrés envers mon pays, ce qui revient
à dire : envers moi-même, qui ne songeais qu'à le
bien servir. A l'abri désormais des soucis d'argent,
j'étais libre de disposer de mon temps à ma guise. La
peinture et la littérature m'attiraient, mais je ne me
reconnaissais pas des dons assez marquants, ou du
moins assez exclusifs, pour mener une carrière d'artiste ou de romancier. Il m'apparut que mon rôle sur
cette terre devait être plutôt de faire valoir les autres
et d'aider au triomphe de certaines idées après que

j'en aurais reconnu la valeur. De ce rôle modeste, libre à certains orgueilleux d'aujourd'hui de sourire. Sitôt libéré du service militaire, que je fis dans l'artillerie, ce que je commençai donc à chercher, ce fut ma propre utilité. J'examinai ce dont avait le plus besoin la France et commençai de fréquenter à Paris ceux qui pouvaient me renseigner ou qu'animait un semblable zèle, outrés autant que moi par l'état d'insouciance, d'inconscience et de désordre où s'étiolait notre pays.

Mon beau-père s'étonna, par la suite, que je ne me sois pas « lancé » (comme il disait) dans la politique, où il affirmait que j'aurais dû réussir. Ses regrets à ce sujet sont d'autant plus méritoires que je ne partageais nullement ses idées. Il considérait en effet le présent état de choses, non certes comme parfait, mais comme parfaitement acceptable, et prenait son parti de tout, à la Philinte. Pour moi j'estimais, j'estime encore, que le premier pas vers le mieux consiste à considérer notre situation politique, d'où dépendent toutes les autres, comme devant être changée. Et n'était-il pas naturel que j'eusse souci d'appliquer à notre pays les maximes qui dirigeaient ma propre conduite et dont j'avais éprouvé le profit ?

La politique offrait, à mon avis, trop d'aléa. Elle m'eût obligé à des compromissions qui eussent incliné ma ligne de conduite. Mais ce n'est pas ma justification que j'écris ici : c'est mon histoire.

Je fréquentais un grand nombre d'hommes de lettres et d'artistes. J'exerçai la fermeté de mon caractère à ne me laisser entraîner par eux ni à écrire, ni à peindre, comme m'y eussent porté mes goûts naturels. Cette abstention me laissa d'autant plus libre de goûter la production d'autrui et d'y aider, non point seulement par des conseils (qui ne sont pas volontiers accueillis par ceux qui en auraient le plus grand besoin), mais par certains appuis que mes relations dans le monde politique me permettaient d'obtenir (sans compter une aide plus directe, souvent, et lorsque j'étais sûr que l'artiste n'y pourrait trouver un encouragement à la paresse).

Tous ceux qui ont consenti à se livrer à une étude approfondie de notre pays ont pu constater que les éléments premiers en sont bons, que surtout manque la mise en valeur où excellent nos voisins d'outre-Rhin. L'homme a besoin d'être dirigé, encadré, dominé. Et qu'eussé-je valu moi-même si je ne m'étais laissé guider par quelques idées supérieures et par des principes dont trop nombreux sont aujourd'hui ceux qui cherchent à secouer le joug.

Pour permettre de comprendre à quel genre d'activité je me livrai, rien ne vaut un exemple ; j'en choisis un dont les résultats furent les plus manifestes et les mieux appréciés.

Il m'était apparu que souvent les meilleurs livres, par suite du peu d'esprit pratique de leurs auteurs, ont du mal à atteindre le public de choix qu'ils méritent. Que, par contre, un grand nombre de lecteurs, bien intentionnés mais mal renseignés, passent à côté des plus saines nourritures pour se repaître d'ouvrages souvent fort peu recommandables, qu'une habile réclame a su mettre en temps opportun sous leurs

yeux. Je crus pouvoir rendre un réel service à la fois
à ce public, à ces auteurs et à leurs éditeurs. Je fis
valoir à ces derniers les avantages d'un projet auquel
ils s'intéressèrent aussitôt. M'adressant aux meilleurs
esprits de ce temps, je constituai un jury chargé de
désigner périodiquement les livres qui méritaient
d'être servis en pâture à ceux qui voudraient bien
comprendre les garanties qu'offrait le choix d'un
jury si bien composé. Les Français sont si routiniers,
si confiants dans leurs goûts propres, si accessibles
aux séductions de la mode, que j'eus beaucoup de
mal à les persuader de s'en remettre au jugement
d'autorités compétentes. Pourtant, à force de démarches, je parvins à recruter un nombre respectable
d'abonnés qui permirent d'assurer le succès de certains ouvrages et de mon entreprise tout à la fois.
J'écartais de ces lecteurs d'élite, par ce moyen, les
livres médiocres ou pervertisseurs, que mon jury se
gardait, il va sans dire, de mentionner ; car il est à
remarquer qu'un cerveau rassasié de bons livres ne
garde pas beaucoup d'appétit pour la mauvaise littérature. Le service que je rendais ainsi ne fut, hélas! point
sensible aux yeux de ma femme. A chaque nouvelle
assemblée du jury, Éveline s'informait ironiquement,
non point des titres des ouvrages élus, mais du menu
du repas qui précédait la délibération, repas excellent
il est vrai, offert par les éditeurs et auquel les membres
du jury voulaient bien me convier.

Quant aux livres choisis, Éveline affectait de ne
point désirer les lire ou de les connaître déjà ; c'est à
l'indépendance de son jugement que je pouvais le

mieux mesurer la décroissance de son amour. Mais
ici nous entrons dans le vif même de la question.

Ce n'est point un journal que j'écris. Les événements
que je groupe ici s'échelonnent sur un grand nombre
d'années. Je ne puis dire exactement à quand re-
montent les premières manifestations de cet esprit
d'insoumission que je commençai de remarquer chez
Éveline et que, malgré tout mon amour pour elle,
force m'était de blâmer. L'insoumission est toujours
blâmable, mais je la tiens pour particulièrement blâmable chez la femme. Durant les premières années
de notre mariage, et plus encore au temps de nos
fiançailles, Éveline épousait sans contrôle mes opinions et mes idées, avec tant de chaleur et une si
parfaite aisance que nul n'aurait pu croire que ces
opinions et ces idées ne lui fussent pas naturelles.
Quant à ses goûts en littérature et en peinture, on
eût dit qu'ils m'attendaient pour se former, car ses
parents n'y entendaient pas grand-chose. Notre entente était donc parfaite. Je ne m'expliquai ce qui la
put troubler que beaucoup plus tard ; que trop tard,
alors que l'irréparable était fait.

Malgré leurs opinions avancées, qu'ils ne se gênaient
pas pour professer en public, je continuais d'accueillir
à notre foyer conjugal deux amis, le docteur Marchant
et le peintre Bourgweilsdorf, l'un en raison de son
grand talent, que j'étais en ce temps à peu près seul
à reconnaître, l'autre à cause de son savoir et de certains services qu'il nous avait rendus. Je ne crois pas
à la génération spontanée, surtout pas dans le cerveau
des femmes ; les idées qui s'y développent vous pou-

vez être sûr que quelqu'un d'autre les a semées. Je
suis prêt à reconnaître ici mes torts : je n'aurais pas
dû recevoir chez moi ces libertaires, malgré toute leur
science et tout leur talent, pas les laisser parler, du
moins en présence d'Éveline. Elle ne cache pas dans
son journal, l'attention qu'elle leur accordait, et,
comme ils étaient mes amis, j'eus d'abord la naïveté
de m'en réjouir. Il est au-dessous de mon caractère
l'être jaloux ; et, à vrai dire, Éveline ne me donnait
pas, Dieu merci, sujet de l'être ; mais n'était-ce pas
trop déjà qu'elle prêtât complaisamment l'oreille à
leurs propos ? Par contre elle cessa d'écouter ceux de
l'abbé Bredel qui eussent fait du moins un heureux
contrepoids. Des discussions s'élevèrent entre nous.
Comme, d'autre part, elle lisait beaucoup, et, dédai-
gneuse de mes conseils, choisissait de préférence les
livres susceptibles de l'enhardir, elle ne craignait plus
de me tenir tête.

Nos discussions portaient surtout au sujet de l'éducation de nos enfants.

J'ai eu maintes occasions d'observer les ravages de
la libre pensée dans les ménages et les discussions
qu'elle fomente entre époux. Le plus souvent c'est
le mari qui renie la foi de ses pères, et dès lors il ne
connaît plus de frein au dérèglement de ses mœurs.
Mais je crois que, pour les enfants du moins, le mal
est encore plus grand lorsque c'est la pensée de la
femme qui s'émancipe, car le rôle de la femme est
éminemment conservateur. En vain tâchai-je de le
faire comprendre à Éveline, l'invitant à peser la responsabilité qu'elle assumait ainsi vis-à-vis de sa fille

en particulier, car cette joie me fut accordée de voir
mon fils écouter de préférence mes conseils. Quant
à Geneviève, plus avide d'instruction que Gustave,
et plus curieuse qu'il ne convient à une femme, son
esprit n'était que trop naturellement enclin à suivre
celui de sa mère sur les sentiers glissants de l'incroyance. Sous prétexte de la préparer pour ses examens, Éveline l'encourageait dans des lectures qui déso-
laient l'abbé Bredel et qui me faisaient protester contre
l'instruction que l'on donne aux femmes aujourd'hui
dont le plus souvent elles n'ont que faire. Je crois que
leur cerveau n'est point fait pour de pareilles nourritures et ne sait point fournir un antidote naturel pour
neutraliser ces poisons. Je protestais en vain, finissais
par céder, de guerre lasse, désireux de maintenir de
mon mieux la paix de notre foyer déjà gravement
compromise. Les résultats de cette éducation, hélas!
ont justifié toutes mes craintes. Mais, comme les plus
désastreux écarts de la conduite de Geneviève ont
suivi la mort de ma femme, je n'ai que faire d'en
parler ici, et c'est un sujet sur lequel il me serait
particulièrement pénible de m'appesantir.

Oui, je l'ai dit, mais je le répète, j'estime que le rôle
de la femme, dans la famille et dans la civilisation tout
entière, est et doit être conservateur. Et c'est seulement lorsque la femme prend pleine conscience de ce
rôle que la pensée de l'homme, libérée, peut se permettre d'aller de l'avant. Que de fois j'ai senti que la
position prise par Éveline retenait le vrai progrès de
ma pensée en me forçant d'assumer dans notre ménage une fonction qui aurait dû être la sienne. D'autre

part, je lui suis reconnaissant devant Dieu de m'avoir ainsi d'autant plus encouragé dans la pratique de mes devoirs, tant religieux que sociaux, et fortifié dans ma foi. Et c'est pourquoi devant Dieu je lui pardonne.

Je touche ici à un point particulièrement délicat, mais que je crois d'une telle importance que l'on m'excusera si j'y insiste quelque peu. Cette fraîcheur, cette virginité, de l'âme autant que du corps, que tout honnête homme souhaite trouver dans la jeune fille dont il se propose de faire sa compagne, Éveline me les offrait exquisement. Pouvais-je soupçonner, et connaissait-elle elle-même sa vraie nature, et tout ce que celle-ci pourrait présenter de rétif lorsqu'elle cesserait d'être dominée par l'amour ? Le propre de l'amour humain est de nous aveugler aussi bien sur nous-même que sur les défauts de l'être qu'on aime ; cette soumission que j'admirais en Éveline, j'ai pu d'abord (et nous pûmes tous deux) la croire naturelle, alors qu'elle n'était due qu'à l'amour. Du reste je ne souhaitais pas d'Éveline une autre soumission que celle que j'imposais moi-même à ma propre pensée. Mais cette « obéissance de l'esprit », que Mgr de La Serre déclarait tout dernièrement « plus difficile peut-être que la réforme des mœurs », ajoutant très justement : « On n'est pas chrétien sans cela[1] », cette soumission intellectuelle qui doit être celle de tout bon catholique, Éveline cessa bientôt d'y prétendre ; que dis-je ? Elle prétendit, au contraire, avoir suffisamment

1. *Études*, du 20 juillet 1929.

de jugement personnel pour pouvoir se guider elle-même et se passer de directeur, et cela précisément alors que son esprit protestataire, qui jusqu'à ce moment sommeillait en elle, commença d'examiner critiquement, c'est-à-dire de mettre en doute, les directives de ma vie. Elle m'expliqua certain jour que notre idée de la Vérité n'était sans doute pas la même et que, tandis que je continuais à croire à une vérité divine, extérieure à l'homme, révélée et transmise sous le regard et avec l'inspiration de Dieu, elle ne consentait plus à tenir pour véritable rien qu'elle ne reconnût vrai par elle-même, malgré ce que je pus lui dire : que cette croyance en une vérité particulière mène droit à l'individualisme et ouvre la porte à l'anarchie.

— C'est bien de vous, d'avoir épousé une anarchiste, mon pauvre ami! me répondit-elle alors en souriant. Comme s'il y avait là de quoi sourire!

Et si encore elle avait gardé ses idées pour elle-même! Mais non, il lui fallait en semer le germe chez nos enfants ; chez ma fille en particulier qui n'était que trop disposée à les accueillir et qui semblait ne chercher dans l'instruction qu'un encouragement à la libre pensée.

Ces idées dissolvantes qui, dans un cerveau tendre et mal prévenu contre elles, ainsi que l'était le cerveau de ma femme, font lentement leur chemin, je les compare aux termites qui, dans les pays tropicaux, minent et désagrègent avec une surprenante rapidité la charpente des édifices. L'apparence de la poutre reste la même ; l'intérieur est déjà tout vermoulu que rien n'annonce encore la ruine. Avant que l'on n'y ait pris garde, tout s'effondre soudain.

Sur quelle fragilité reposait mon amour ! Si j'eusse pu m'en rendre compte à temps, j'aurais su prendre des mesures pour enrayer le mal, exigé plus de soumission, prohibé certains livres dont le perfide danger me serait mieux apparu si j'avais commencé par les lire moi-même. Mais j'ai toujours pensé que le meilleur moyen d'échapper au mal est d'en détourner les regards. Il n'en était pas de même, hélas ! pour Éveline, qui prétendit bientôt juger de tout par elle-même. Je me reproche vivement ici certaine faiblesse de mon caractère ; mais, précisément peut-être parce que j'étais respectueux de l'autorité, de celle en particulier de l'Église, et par habitude de soumission, je ne sus pas exiger de moi cet acte d'autorité maritale, que pourtant me conseillait l'abbé Bredel, que tout mari bien affermi dans sa croyance doit oser, et qui sans doute eût retenu l'esprit d'Éveline sur la pente des égarements. Je ne compris que cet acte d'autorité eût été nécessaire qu'alors qu'il n'était déjà plus opportun et eût risqué de se heurter à une résistance impie. C'était un soir que je lui faisais la lecture ; car, en ce temps, je ne désespérais pas encore de tout au moins contrebalancer l'effet mauvais des livres que j'avais la faiblesse de ne pas oser lui interdire. Je lui lisais, dans un tome d'œuvres posthumes du comte Joseph de Maistre, la belle notice biographique écrite par son fils. Éveline, qui venait d'être un peu souffrante, avait dû rester quelques jours couchée ; elle recommençait à se lever, mais était encore étendue sur un sofa. Une même lampe éclairait mon livre et une pièce de la layette qu'elle préparait pour la naissance de notre second enfant, et qu'elle ornait de broderies. C'était en 1899. Geneviève avait alors deux ans. Sa venue au monde avait été facile. Celle de Gustave s'annonçait moins bien. Éveline se sentait anormalement fatiguée ; un peu d'albuminurie était cause sans doute d'une très déplaisante bouffissure des traits de son visage.

« Comment pouvez-vous aimer encore quelqu'un de si laid ? » me disait-elle ; et je protestais aussitôt que je reconnaissais dans ses yeux son âme, qui, elle, ne pouvait changer. Mais je devais bien m'avouer que son regard n'était déjà plus le même, et que cette âme je ne la reconnaissais déjà plus. J'y cherchais de l'amour encore ; mais j'y sentais surtout de la résistance et parfois presque une sorte d'opposition. Cette opposition, que je me refusais encore à admettre, se manifesta brusquement ce soir-là d'une manière particulièrement déplaisante. A un passage émouvant de ma lecture, Éveline lâcha brusquement sa broderie, saisit son mouchoir qu'elle porta à ses lèvres, cachant à demi son visage. Elle riait. Je posai mon livre et la regardai fixement.

— Pardonne-moi, — dit-elle, — j'ai tâché de me retenir, mais c'est plus fort que moi. — Et tout le haut de son corps était secoué d'un fou rire qu'il apparaissait bien qu'elle ne pouvait pas maîtriser.

— Je ne vois pas ce qu'on peut trouver de comique dans... — commençai-je, de mon plus calme, et même avec une nuance d'étonnement et de sévérité.

Elle ne me laissa pas achever.

— Oh! rien de comique dans ce que tu lis, — dit-elle, — bien au contraire. Mais c'est le ton pénétré que tu prends...

Il me faut copier ici la phrase qui déchaînait chez ma femme cet accès d'intempestive hilarité :

« Pendant tout le temps que le jeune Joseph de Maistre passa à Turin pour suivre les cours de droit de l'Université, il ne se permit jamais la lecture d'un livre sans avoir écrit à son père ou à sa mère à Chambéry, pour en obtenir l'autorisation. »

— On sent — reprit-elle — que tu voudrais telle-ment me faire trouver cela admirable.

— Et je vois que je n'y parviens guère, — dis-je avec plus de tristesse que de dépit. — Alors, toi, tu trouves cela ridicule ?

— Immensément.

Elle ne riait plus, mais me regardait à son tour grave-ment, presque tristement ; et c'est moi qui détournai mes yeux, par crainte de découvrir dans ce regard des sentiments que je ne pusse pas approuver. Je voulus me montrer conciliant, sachant qu'avec les femmes il faut toujours user de souplesse et qu'on risque de tout perdre en demandant trop.

— Le comte de Maistre nous offre, — lui dis-je, — ce que l'on pourrait appeler un cas-limite. C'est du reste ce qui fait son importance et sa grandeur. J'ad-mire l'intransigeance de cette figure ; elle tranche sur le reste des hommes prêts à toutes les concessions ; trop nombreux sont ceux qui prennent leur parti et s'accom-modent du relâchement des mœurs, ce qui est une façon d'y aider. Mais je reconnais qu'on ne peut exiger d'autrui les vertus auxquelles soi-même on aspire.

— En tout cas c'est fort joliment dit — accorda-t-elle, en riant de nouveau, mais cette fois d'un rire ouvert et cordial, un rire que je ne devais plus longtemps entendre, du moins plus de cette qualité pure et charmante, un rire qui plus tard devait se charger d'ironie et de ce que longtemps encore je me refusai à reconnaître pour du mépris, où longtemps je ne voulus voir qu'un sentiment de supériorité, toujours un peu choquant chez une femme. Quoi qu'il en fût, la cordialité de ce rire me rassura. Je voulus me montrer conciliant.

— Ces derniers temps tu t'es accordé, pour tes lectures, des libertés, — lui dis-je, — que j'espère bien ne pas te voir accorder à nos enfants.

— J'espère bien, — me répondit-elle abruptement ? — qu'ils sauront les prendre d'eux-mêmes.

Il y avait du défi dans sa voix et je sentais que cette phrase excédait sa pensée. Je ne voulus y voir qu'une boutade, mais que je me devais de ne pas laisser sans riposte :

— Heureusement que je suis là, — dis-je un peu sévèrement. — Le rôle des parents est de protéger leurs enfants. Ils pourraient s'empoisonner sans le savoir, céder à de malsaines curiosités.

Elle m'interrompit :

— Toi, tu as toujours fait de l'incuriosité une vertu.

— Les dangers de la curiosité m'apparaissent suffisamment en toi, — repris-je. — L'homme doit être curieux de ce qui peut, non ébranler sa foi, mais l'affermir.

La protestation qui manifestement montait à ses lèvres, Éveline ne la formula point. Je vis ses lèvres se fermer, se serrer comme pour s'opposer à une pression intérieure, comme pour refouler en elle-même des pensées qu'elle me cacherait désormais et se refuserait à me laisser combattre. Je me tus aussi, car, en face de ce silence, que me restait-il à faire, sinon de prier Dieu et la Sainte Vierge, remettant entre leurs mains une protection qui m'échappait. C'est ce que je fis abondamment ce même soir.

Notre conversation avait du reste été plus longue, car je me souviens de lui avoir encore dit ce soir-là, au sujet de Joseph de Maistre et de sa soumission aux jugements de ses parents :

— L'homme obéit toujours à quelqu'un ou à quelque chose. Mieux vaut obéir à Dieu qu'à ses passions ou ses instincts ! — propos qui m'avaient été suggérés par quelques réflexions de l'abbé Bredel ; et sans doute, précisément parce qu'elles ne sont pas proprement miennes, m'est-il permis de donner ces réflexions en parfait exemple de la profondeur à laquelle peut prétendre d'atteindre une pensée respectueuse et soumise.

Et j'ajoute encore ceci qui m'apparaît ce soir dans une sorte d'illumination, due certainement à l'état d'oraison où je me suis maintenu ces temps derniers avec le secours de Dieu : toute vraie pensée n'est qu'une réflexion, qu'un reflet. Réfléchir, comme le mot l'indique, c'est refléter Dieu. D'où il suit que toute pensée véritable est soumise à Dieu. L'homme qui croit penser par lui-même et qui détourne de Dieu son cerveau-miroir cesse à proprement parler de *réfléchir*. La pensée la plus belle est celle où Dieu, comme dans un miroir, peut proprement se reconnaître.

Ces dernières vérités ne m'apparaissent malheureusement qu'aujourd'hui ; si j'en avais pu faire part à Éveline ce soir susdit, il me semble qu'elles eussent été d'assez de vertu pour la convaincre. Hélas ! combien souvent les paroles que nous aurions dû dire ne nous viennent-elles à l'esprit que trop tard !

Les douleurs de l'accouchement commencèrent trois jours après cette soirée qui pour moi fut mémorable, car j'y pris pour la première fois conscience très nette de cette fissure qui sans doute avait depuis longtemps déjà commencé de se produire entre Éveline et moi, que déjà je percevais vaguement, mais à laquelle jusqu'à présent je me refusais de prêter attention, sachant trop que, souvent, pour les sentiments, c'est l'attention que nous leur accordons qui fortifie leur existence et que cessent d'être ceux que nous nous refusons à considérer. C'est par l'examen de l'inavouable que nombre de romanciers d'aujourd'hui exercent une si préjudiciable influence. Mais cette fissure, qui devait devenir un gouffre bientôt, je ne pouvais plus ne pas la voir, ne pas en tenir compte... J'étais en ce temps fort occupé et ne me trouvais pas à la maison au moment des premières douleurs. Je m'occupais alors d'une nouvelle affaire dont je venais d'avoir l'idée et que mon activité fit si pleinement

réussir que je crois bon d'en dire ici quelques mots.
Cette idée se greffait sur cette autre, dont j'ai déjà
parlé, d'un choix de livres recommandables désignés
par un jury compétent. Il me parut que les lecteurs de
ces livres accepteraient volontiers d'être guidés également dans le choix de leurs fournisseurs, et que je
rendrais ainsi réel service à eux ainsi qu'aux fournisseurs. J'allai trouver ceux-ci, leur fis valoir les avantages qu'ils trouveraient à s'adresser, moyennant des
conditions que je fixerai, à une clientèle d'élite, déjà
constituée; j'allai trouver les éditeurs des livres désignés par le jury, qui s'engagèrent à encarter dans les
volumes les prospectus de ces maisons dignes d'être
recommandées. Cette affaire qui, dis-je, réussit au-
delà de toute espérance et prit bientôt une ampleur
que je n'avais osé prévoir, me demanda quantités de
démarches.

Quand je rentrai à la maison ce soir-là, les douleurs
avaient commencé...

DEUXIÈME PARTIE

J'ai écrit au courant de la plume; mais voici que je m'aperçois d'une très curieuse erreur de ma mémoire, ou du moins d'un déplacement dans le temps de cette conversation que je viens de rapporter, avec une grande exactitude sans doute, mais qui se situe, non point au moment de la naissance de Gustave, mais bien sept ans plus tard, lors d'une troisième grossesse d'Éveline, qui n'eut qu'une conclusion très malheureuse. Cette curieuse erreur est sans doute due à l'affaiblissement de ma mémoire, conséquence de l'accident d'auto dont je fus victime en juillet 1914; mais également à des causes beaucoup plus profondes. A la lueur du présent, le passé s'éclaire et cette fissure entre nous, dont je parlais, mon esprit aujourd'hui, comme malgré moi, la prolonge en arrière; elle existait déjà sans doute, mais je ne savais pas encore la voir. Il m'est du reste difficile de m'attacher au développement historique d'une âme, laquelle m'apparaît toujours une et conséquente avec elle-même; mon souvenir voudrait la garder telle qu'elle vivra dans l'éternité. Et de

même que la repentance efface la faute et blanchit un
passé pervers, l'erreur projette de l'ombre jusque sur
un passé limpide, en attendant la rédemption du
Seigneur ; car je crois, je sais, qu'Éveline, dans ses
derniers instants, a reconnu ses fautes, s'est réconciliée
avec Dieu à temps pour communier encore, de sorte
que je puis espérer, par la miséricorde de Dieu, la
retrouver par-delà le tombeau telle que je l'aimais aux
premiers jours de notre union, telle que je l'aime
encore, car depuis longtemps j'ai pardonné tout ce
qu'elle me fit souffrir.

Une autre réflexion à laquelle m'amène la constatation de cette erreur de dates est celle-ci : j'avais écrit
qu'Éveline s'était plu à semer dans l'esprit de sa fille
les germes de la libre pensée. A y bien réfléchir il me
semble aujourd'hui que c'est l'esprit libertin de Geneviève, si enfant qu'elle fût encore, qui contamina
l'âme de sa mère. Geneviève avait neuf ans alors, mais,
si loin que je remonte en arrière, je ne la vois que
révoltée. C'est elle qui, sans cesse et à propos de tout
demandant des explications, accoutuma sa mère à en
chercher, à en fournir, au lieu de répondre à ses « pourquoi ? » ainsi qu'il sied, ainsi que je faisais moi-même :
« Parce que je te le dis. » J'ajoute aussitôt que Gustave,
par contre, manifesta dès son plus jeune âge la soumission la plus respectueuse, acceptant tout ce que je lui
disais, sans jamais mettre en doute mes paroles. Il était
même plaisant d'entendre cet enfant, lorsque sa mère
cherchait à éveiller ses doutes, à provoquer ses questions, lui répondre ingénument et avec assurance :
« Papa l'a dit », tout comme j'opposais aux inquiètes

investigations d'Éveline les instructions irréfutables des ministres du Très-Haut.

Si l'on s'étonne qu'un si jeune enfant (je parle à présent de Geneviève) puisse être de quelque influence sur sa mère — et vraiment l'on n'aurait trop su dire si Éveline, qui se reconnaissait en sa fille, ne se servait point de la personnalité insoumise de celle-ci pour s'encourager dans cette dangereuse voie, et si elle l'y poussait ou s'y laissait entraîner par elle, tant l'entente entre elles deux était étroite et comme préétablie — du moins l'influence de mes deux amis le docteur Marchant et le peintre Bourgweilsdorf était-elle indéniable. J'en ai déjà parlé, mais je crois bon d'y revenir. Car si j'ai mis en avant jusqu'à présent surtout la libre pensée d'Éveline, ce n'est pas cette forme que son insoumission prit d'abord, mais bien, au reflet de Bourgweilsdorf, une forme beaucoup plus perfide, car elle se dissimulait alors sous l'apparence d'une vertu : la sincérité. Bourgweilsdorf n'avait que ce mot à la bouche ; il s'en servait comme d'une arme, défensive contre toute accusation d'inutile hardiesse et d'étrangeté, et offensive aussi bien contre la tradition et l'école. Du reste il n'était pas sans vénérer quelques grands maîtres ni sans se soumettre à leur enseignement, ainsi que je le faisais observer à Éveline et à lui-même. Mais il confondait volontiers avec l'hypocrisie, avec l'insincérité du moins, tout effort de perfectionnement et toute subordination de la sensation et de l'émotion à un idéal. Et je concède qu'il devait, en tant qu'artiste, à cette recherche assidue de la plus sincère expression, l'accent particulier et neuf de sa peinture ; je l'accorde d'autant plus volontiers que, cette peinture, je fus un des premiers à en reconnaître la valeur. Mais par un glissement qui ne tarda pas à se produire, Éveline commença d'introduire cette notion de sincérité dans la morale, où je ne dis pas qu'elle n'ait que faire, mais où elle peut devenir extrêmement dangereuse sitôt qu'elle n'est plus balancée et combattue par une notion supérieure du devoir. L'on eût dit bientôt qu'il suffisait qu'un sentiment fût sincère, pour mériter d'être approuvé ; comme si l'être naturel, que Notre-Seigneur appelle si bien « le vieil homme », n'était pas précisément celui même que nous devons combattre et supplanter. C'est là ce que cessa d'admettre Éveline, qui se refusait à comprendre que je pusse préférer en moi celui que je voulais être et que je tâchais de devenir, à celui que naturellement j'étais. Sans me taxer précisément d'hypocrisie, tout geste ou toute parole par lesquels je m'efforçais d'entraîner vers le bien mon être intérieur lui devint suspect. Et comme la vertu lui était, plus qu'à moi, naturelle, et qu'il n'y avait pas en elle de mauvais instincts à refréner (sinon, peut-être, je l'ai dit, celui de la curiosité d'esprit), je ne parvenais pas à la persuader du danger qu'il peut y avoir à s'abandonner à soi-même, à s'accepter simplement pour ce que l'on est, c'est-à-dire, somme toute, pour pas grand-chose. J'eusse volontiers redit à Éveline cette exhortation que je sais gré à l'abbé Bredel de m'avoir fait lire dans une des *Lettres spirituelles* de Fénelon : « Vous avez besoin qu'on retienne les saillies continuelles de votre imagination trop vive : tout vous amuse, tout vous dissipe, tout vous replonge dans le naturel ! » Et pourtant, non de moi, mais de celui que je voulais être, c'est de celui-là qu'Éveline s'était éprise. Il semblait à présent qu'elle me reprochât tout à la fois de vouloir le devenir et de n'y pas être encore parfaitement parvenu.

J'ajoute que le culte de la sincérité entraîne notre être vers une sorte de pluralité fallacieuse, car dès que nous nous abandonnons aux instincts, c'est pour apprendre que l'âme qui ne se veut soumettre à aucune règle est forcément inconséquente et divisée. Le sentiment du devoir exige et obtient de nous l'unité sans laquelle notre âme ne peut prendre conscience d'elle-même et ne peut donc être sauvée. Dès lors peu importe que l'âme ne se sente pas chaque jour et à tout instant égale et pareille ; elle flotte peut-être, mais autour d'un axe certain ; l'idée du devoir la rassemble. C'est ce que je tâchais de faire comprendre à Éveline ; en vain, hélas !

L'influence du docteur Marchant, quoique d'un ordre différent, rejoignait celle de Bourgweilsdorf d'une manière subtile que j'espère pouvoir éclairer. Je l'entendis citer un jour cette parole de je ne sais quel médecin célèbre : « Il y a des malades ; il n'y a pas de maladies. » Et l'on comprend de reste ce que ce médecin et Marchant entendaient par là : que tout à la fois les maladies n'existent point à l'état abstrait, en dehors de l'homme, et que chaque homme en qui et par qui la maladie se fait connaître, modifie cette maladie et la réfracte, pour ainsi dire, selon son humeur et ses dispositions particulières. Mais, et c'est bien là que je vois le danger de l'instruction chez les femmes,

Éveline poussant à l'absurde cette constatation, si simple sous son apparence paradoxale, assimilant les idées aux maladies, n'admit bientôt plus de Vérité en dehors de l'homme et considéra nos âmes non plus comme des vases pour la recevoir, mais bien comme de petites divinités susceptibles de la créer. En vain l'avertissais-je de ce qu'il y a d'impie dans cette intronisation de sa propre personne, lui rappelais-je le mot du démon : *Et eritis sicut Dii.* Hélas l'athéisme de Marchant l'encourageait ; Éveline s'autorisait de lui, qui, je l'ai dit, est dans sa partie un homme de grande valeur, pour considérer toute vérité en fonction de l'homme, et non l'homme en fonction de Dieu.

Certain soir, pourtant, je crus que j'allais ressaisir Éveline. La formation du jury que j'avais institué, comme je l'ai précédemment rapporté, pour désigner les meilleurs livres, m'avait permis d'entrer en relations avec un éminent mathématicien-philosophe, que, par discrétion, je ne nommerai point car il vit encore et je ne voudrais pas blesser sa modestie. Je l'avais invité à dîner en compagnie de quelques personnalités notoires, dont le docteur Marchant. La conversation, après le repas, porta sur des questions de relativisme, de subjectivisme, et je ne fus pas peu intéressé d'entendre le mathématicien énoncer ceci : que le monde des chiffres et des formes géométriques n'existe pas, il est vrai, en dehors du cerveau qui le crée ; mais que ce monde, une fois créé par le savant, lui échappe, obéit à des lois qu'il n'est pas au pouvoir du savant de modifier, de sorte que cet univers né de l'homme rejoint un

absolu dont l'homme lui-même dépend. Et ceci prouve
abondamment, ajoutai-je, lorsque, après que nos
convives nous eurent quittés, je me retrouvai seul avec
Éveline, que le cerveau de l'homme est créé par Dieu
pour le connaître, comme le cœur de l'homme est
créé par Dieu pour l'aimer.

Mais le cerveau d'Éveline est ainsi fait qu'elle sut
tirer argument de cette vérité même pour persévérer
dans l'erreur. Elle avait écouté X... avec l'attention la
plus vive et je pouvais lire sur son visage la profonde
impression qu'elle en ressentait. Mais, le lendemain
même, elle me dit :

— Si ma raison m'est donnée par Dieu, elle n'a que
faire d'écouter d'autres lois que celles que Dieu lui
impose.

Un rationaliste n'eût pas raisonné autrement.

— Et dans ce cas, il n'est même plus besoin de
parler de Dieu, — lui dis-je.

— Peut-être bien peut-on s'en passer, — répondit-
elle ; et, en effet, à partir de ce jour elle affecta de ne
plus se servir de ce mot, qui, pour elle, semblait avoir
perdu tout sens.

Pauvre Éveline ! Je ne cessai pourtant pas de l'aimer.
C'est à elle que je devais, que j'avais dû, tout ce dont
j'étais capable et d'amour et de poésie. Mais elle
changeait, au point que j'en venais à me demander ce
que j'aimais encore en elle. Son visage avait perdu son
éclat ; cette chaleur du regard qui, dans les premiers
temps, faisait fondre mon cœur, je la cherchais en

vain ; sa voix avait cessé d'être craintive ; son main-
tien même était plus assuré. Pourtant, c'était ma femme
et je me redisais que ce que j'aimais, ni le temps, ni
elle-même ne le pourraient changer. Et ceci me faisait
comprendre que ces changements, qui peuvent être
parfois de véritables dégradations, restent, après tout,
étrangers à l'âme. C'est l'âme même d'Éveline dont
mon âme s'était éprise, à laquelle elle s'était liée par
les liens les plus indissolubles. Mais quelle torture
affreuse de voir s'enfoncer dans la nuit de l'erreur, et
de jour en jour davantage, celle dont on a fait sa
compagne, sa femme pour l'éternité.

— Que veux-tu, mon ami, — me disait-elle alors,
avec ce qui lui restait encore de tendresse, — nous
ne nous dirigeons pas vers le même ciel.

Et je protestais qu'il ne pouvait pas plus y avoir
deux ciels qu'il n'y avait deux Dieux, et que ce
mirage vers lequel elle s'acheminait, qu'elle appelait *son ciel*, ne pouvait être que *mon enfer*, que l'enfer.

Tout ceci, est-il besoin de l'écrire, me rapprochait
de Dieu d'autant plus, et m'aidait à comprendre
l'incomparable qualité de cet amour de Dieu pour
Dieu, qui, Lui du moins, ne peut changer. Me souve-
nant de la parole de l'Apocalypse : « Heureux ceux
qui meurent dans le Seigneur », je disais à mon tour :
« Heureux ceux qui s'aiment en le Seigneur », et me
répétais ces mots devenus pour moi si nostalgiques,
car ce bonheur, Éveline ne devait, hélas! plus le
connaître.

J'ai dit par quelle singulière confusion je rattachais à la seconde grossesse d'Éveline certaine conversation qu'il me faut reporter sept ans plus tard, alors qu'il ne restait déjà plus à Éveline beaucoup de chemin à faire vers la révolte et l'impiété. Cette troisième grossesse mit ses jours en danger, et je pus espérer, durant quelques jours, que l'idée de la mort la ramènerait à des sentiments meilleurs. Notre vieil ami l'abbé Bredel, qui l'espérait également, s'empressait auprès d'elle. Éveline en était à son huitième mois d'attente lorsqu'une mauvaise grippe s'empara d'elle et bientôt ruina nos espoirs. Éveline mit au monde, avant terme, un pauvre corps sans vie. Dès le lendemain la fièvre puerpérale se déclara qui la maintint plus de huit jours entre la vie et la mort. Malgré 40 degrés de fièvre, elle gardait toute sa connaissance, et malgré la ferme confiance que gardait le docteur Marchant de la sauver, elle se savait en danger.

— La première condition de la guérison, c'est d'y croire, avait dit Marchant, qui, partant de là, s'ingéniait à lui cacher l'extrême gravité de son cas et l'entretenait dans une illusion qu'il estimait salutaire.

— Dans des cas de ce genre, combien de femmes s'en tirent ? lui avais-je demandé.

— Une sur dix, avait-il dit, ajoutant aussitôt : mais cette dixième-là, c'est Éveline, avec tant d'autorité et d'assurance que j'en pus être réconforté. — Pourtant, j'avais tenu à ce que l'abbé Bredel fût averti. Éveline, en dépit de sa grandissante incroyance, avait gardé pour l'abbé Bredel des sentiments presque tendres et ne se débattait pas contre lui. Elle ne lui cachait pas le

triste progrès de sa pensée, mais comme cette libre
pensée n'entraînait chez elle, jusqu'alors du moins,
aucun acte répréhensible, l'abbé Bredel ne mettait pas
en doute qu'elle ne fût en état de s'amender et de
reconnaître bientôt son erreur. L'instant était propice
et, certain soir qu'Éveline se sentait particulièrement
faible et que tout laissait supposer sa fin très prochaine,
je fis venir l'abbé, l'entretins quelques instants dans le
salon, et m'apprêtais à l'introduire dans la chambre de
la malade avec les saintes huiles et le viatique dont il
avait eu soin de se munir, quand Marchant, sortant de
la chambre, referma derrière lui la porte, et, de ce ton
autoritaire qu'il sait prendre, lui en refusa l'entrée.

— Je viens de m'employer à relever sa confiance et
son courage, dit-il presque durement, n'allez pas
défaire mon travail. Si Éveline comprend que vous la
croyez perdue, je crains que ce n'en soit fait d'elle.

L'abbé Bredel était tout tremblant.

— Vous n'avez pas le droit de m'empêcher de
sauver cette âme, — murmura-t-il.

— Pour la sauver, voulez-vous la tuer ? — demanda
Marchant.

— L'abbé Bredel a l'habitude de ces conversations
in extremis, — dis-je en manière de conciliation. — Il
saura ne pas effrayer Éveline ; il pourra lui proposer
la communion non pas comme à une mourante, mais...

Marchant m'interrompit :

— Voici combien de temps qu'elle n'a plus communié ?

Et comme l'abbé et moi nous baissions la tête sans
oser répondre :

— Vous voyez bien, — reprit-il, — qu'elle ne peut pas ne pas voir là une précaution dernière.

Je pris la main de Marchant. Il était tout tremblant lui aussi.

— Mon ami, — lui dis-je avec le plus de douceur que je pus, l'approche de la mort peut modifier beaucoup nos pensées. Nous n'avons pas le droit de laisser ignorer à Éveline la gravité de son état. L'idée qu'Éveline pourrait mourir sans les secours de la religion m'est intolérable. Sans trop le savoir elle-même, elle les attend peut-être, les espère. Elle n'attend peut-être qu'un mot et que cette frayeur dernière que vous voulez lui épargner, pour se rapprocher de Dieu. Combien n'en avons-nous pas vus que la peur de la mort...

Marchant chargea de tout le dédain possible le regard qu'il me jeta ; il ouvrit lui-même la porte de la chambre.

— C'est bien. Allez lui faire peur, — dit-il en s'effaçant devant l'abbé.

Éveline avait les yeux grands ouverts. En voyant entrer l'abbé elle eut un fugitif sourire que je ne puis qualifier que d'angélique.

— Ah ! vous voilà, — dit-elle à demi-voix. — Je pensais bien que vous viendriez ce soir. — Ses traits prirent soudain une expression de gravité insolite lorsqu'elle ajouta :

— Et je vois que vous ne venez pas seul.

Puis elle demanda à la petite sœur qui la veillait de nous laisser.

L'abbé s'approcha du lit, au pied duquel je m'étais

agenouillé, et demeura quelques instants sans rien dire,
puis, d'une voix solennelle et tendre à la fois :

— Mon enfant, Celui qui m'accompagne se tient
depuis longtemps près de vous. Il attend que vous
Lui fassiez accueil.

— Marchant cherche à me rassurer, dit Éveline ;
mais je ne suis pas effrayée. Depuis deux jours déjà
je me sens prête. Robert, viens plus près de moi, mon
ami.

Sans me relever, je m'approchai d'elle. Alors, posant
sa main frêle sur mon front qu'elle caressa doucement :

— Mon ami, j'ai parfois eu des sentiments et des
pensées qui purent te peiner ; et encore tu ne les
connais pas tous. Je voudrais que tu me les pardonnes,
et si je dois à présent te quitter, je voudrais que...

Elle s'interrompit un instant, détourna de moi son
front, puis, dans un grand effort, reprit à voix plus
haute et très distincte :

— Je voudrais que tu ne te souviennes que de ton
Éveline des premiers temps.

Comme sa main glissait le long de mes joues, elle
put les sentir toutes mouillées de larmes. Elle-même
ne pleurait pas.

— Mon enfant, — dit alors l'abbé, — n'éprouvez-
vous pas le besoin de vous réconcilier avec Dieu
également ?

Éveline tourna de nouveau vers nous son visage
et avec une sorte de vivacité subite s'écria :

— Oh ! avec Lui, j'ai fait la paix depuis longtemps.

-- Mais Lui, mon enfant, — reprit l'abbé, — cette paix, Il ne vous l'accorde pas encore. Elle ne Lui suffit pas, et elle ne doit pas vous suffire. Le sacrement doit la conclure.

Et, se penchant vers elle :

— Voulez-vous que Robert nous laisse causer, vous et moi, seuls un instant ?

Alors Éveline :

— Pourquoi ? Je n'ai rien de particulier à vous dire. Rien que je veuille lui cacher.

— Je comprends que les fautes que vous avez à vous reprocher ne sont pas des actes ; mais de nos pensées également nous pouvons avoir à nous repentir. Reconnaissez-vous avoir péché contre Dieu dans vos pensées ?

— Non, — dit-elle fermement.—Ne me demandez pas de me repentir des pensées que j'ai pu avoir. Ce repentir ne serait pas sincère.

L'abbé Bredel attendit un peu :

— Du moins vous inclinez-vous devant Lui ? Vous sentez-vous prête à comparaître devant lui en parfaite humilité d'esprit et de cœur ?

Elle ne répondit rien. L'abbé reprit :

— Mon enfant, la communion nous apporte souvent, devrait nous apporter toujours, une paix supraterrestre ; cette paix dont notre âme a besoin, qu'elle ne peut obtenir d'elle-même et sans ce secours. Je vous apporte une paix « qui surpasse toute intelligence ». Voulez-vous l'accepter d'un cœur humble ?

Et comme Éveline se taisait toujours :

— Mon enfant, il n'est pas certain que Dieu veuille

vous retirer déjà de ce monde. Soyez sans crainte.
Cette paix qu'apporte la communion est si profonde
que même notre corps infirme la ressent, de sorte
que l'on a vu, que j'ai vu moi-même, à la suite de la
communion, des guérisons inespérées. Mon enfant,
je vous demande de permettre à Dieu d'accomplir en
vous, s'Il y consent, ce miracle. Si vous croyez en lui,
Celui qui dit à l'agonisant : « Lève-toi et marche »,
celui qui ressuscita Lazare, peut vous guérir.

Les traits d'Éveline se creusèrent ; elle ferma les
yeux, et je crus que la fin approchait.

— Vous me fatiguez un peu, — dit-elle comme
plaintivement. — Écoutez, cher ami ; je voudrais
vous satisfaire, et je puis vous assurer qu'il n'y a pas
de révolte en mon cœur. Je vais me soumettre. Mais
il ne me plaît pas de tricher. Je ne crois pas à la vie
éternelle. Ce sacrement que vous m'apportez, si je
l'accepte, c'est sans y croire. C'est à vous de juger si,
dans ce cas, je suis digne de le recevoir.

L'abbé Bredel hésita un instant, puis :

— Vous souvenez-vous de ce que vous disiez,
encore tout enfant, à votre père ? Ces paroles, je vous
les répète à mon tour dans toute la confiance de
mon âme : Dieu vous sauvera malgré vous.

Éveline s'assoupit presque aussitôt après avoir
communié. Sa main que je pris pendant son sommeil
n'était plus brûlante, et lorsque Marchant revint vers
le milieu de la nuit, il put constater une amélioration
extraordinaire.

— Vous voyez bien, — dit-il, — que j'avais raison
d'espérer, — se refusant à admettre, contre toute évi-

dence, le bienfait miraculeux des sacrements, de sorte
que l'événement le mieux fait pour le convaincre ne
servit qu'à enfoncer chacun de nous dans son
propre sens. Éveline elle-même, dont la convalescence
fut très lente, sortit de cette épreuve méconnaissant
la grâce de Dieu et plus entêtée qu'auparavant,
pareille à ceux que signale l'Écriture, qui ont des yeux
pour ne point voir, des oreilles pour ne pas entendre,
de sorte que j'en vins à regretter presque que Dieu
ne l'eût pas reprise à Lui lorsqu'elle s'était montrée
le plus soumise et que, à travers son incrédulité même,
elle L'avait pourtant accepté.

Je fis à ce sujet quelques réflexions particulièrement importantes et que je veux consigner ici :

La première, fruit d'une conversation que j'eus
avec l'abbé Bredel le lendemain de ce soir mémorable,
était alors mêlée d'une stupeur attristée : Eh quoi !
nous disions-nous l'un à l'autre, se peut-il que, devant
la mort, l'impie tremble moins que le fidèle, alors
qu'il aurait tant de raisons de s'effrayer davantage ?
Le chrétien, sur le point de comparaître devant son
Juge suprême, prend une conscience plus atroce de
son indignité, et cette conscience tout à la fois aide
à sa rédemption et le maintient dans une salutaire
angoisse ; tandis que cette inconscience de l'incroyant,
tout en lui permettant de mourir dans un état de
trompeuse sérénité, achève de le perdre ; il se dérobe
au Christ, se refuse à une rédemption qu'on lui offre
et dont, hélas ! il ne sent pas l'urgent besoin, de sorte
que c'est ce calme qu'il croit alors ressentir et cette
tranquillité devant la mort qui lui assurent en quelque

sorte la damnation, et qu'il n'en est jamais plus près
que lorsqu'il s'en aperçoit le moins.

J'ajoute aussitôt qu'en employant ce mot terrible
de damnation, je ne saurais songer à Éveline, qui
comme je l'ai dit, s'est, je le crois, réconciliée avec
Dieu dans ses derniers instants et a pu mourir, je le
veux espérer, en chrétienne; et qui, somme toute, avait
accepté Dieu, même au moment de cette fausse
alerte. Il n'en restait pas moins que l'abbé Bredel et
moi nous nous demandâmes si nous n'aurions pas dû
l'effrayer un peu davantage à ce moment, au lieu de la
rassurer comme faisait Marchant, plus soucieux ici
des intérêts du corps que de ceux de l'âme et ne
comprenant pas que la perte de celle-ci pouvait être
entraînée par le salut même du corps.

La seconde réflexion que je fis, concurremment
avec l'abbé Bredel, concerne l'effet funeste de la
communion non suffisamment souhaitée, non méritée
pour ainsi dire (car qui de nous, pécheurs, mérite
jamais ce don ineffable ?) par une âme qui, alors même
que Dieu l'approche, ne fait pour s'approcher de
Dieu aucun effort. Il semble alors que cette lumière,
absorbée sans amour, l'obscurcisse. Certainement
Éveline me parut, ensuite, précipitée plus avant dans
les ténèbres. Lorsque je la revis à son retour d'Arcachon, où elle acheva de se rétablir, où je n'avais pu
l'accompagner, car mes travaux me retenaient alors à
Paris, je la sentis plus résistante, plus fermée que
jamais à toute bonne influence, à tout conseil que
j'essayais de lui donner. Je lisais au pli de son front,
à cette double barre verticale qui commençait de se

dessiner entre ses sourcils, une obstination grandissante, un refus qu'elle n'opposait plus seulement aux vérités saintes, mais à tout ce que je pouvais lui dire, à tout ce qui venait de moi. L'ironique scrutation de son regard communiquait aux plus vertueuses manifestations de ma part, je ne sais quoi de contraint, de délibéré, d'affecté. Ou plutôt ce regard opérait sur moi à la manière d'un scalpel, détachant de moi cette action, cette parole ou ce geste, de sorte qu'ils parussent non plus tant nés vraiment de moi qu'adoptés. Loin de pouvoir prier avec elle et d'élever vers Dieu nos deux cœurs à la fois comme il eût été bon, j'en étais vite venu à ne plus oser prier devant elle, ou, si je persistais, dans l'espoir d'entraîner son âme à ma suite, ma prière, même informulée, perdait aussitôt tout élan et, pareille à la fumée d'un sacrifice non agréé, retombait misérablement sur moi-même. De même son regard, son sourire, lorsque je tendais la main pour une aumône, asséchait incontinent mon cœur, et ce geste, auquel mon cœur cessait de prendre part, devenait à cause d'elle comparable à celui du pharisien de l'Évangile, de sorte que mon cœur n'en éprouvait plus cette joie profonde où il trouve sa première récompense.

J'ai dit que la grandissante incrédulité d'Éveline m'ancrait d'autant plus avant dans mes convictions religieuses, dans ma foi. Mais ce que je me refuse à admettre c'est que, si imparfaite qu'ait pu être ma vertu, celle-ci ait pu détourner Éveline de la foi, ainsi que le laisse entendre son journal. Cette accusation affreuse, qui tend à rejeter sur moi la responsabilité

de ses écarts de pensée, je la repousse. Un croyant
maladroit est tout de même un croyant, et, lorsqu'il
chanterait les louanges de Dieu d'une voix fausse,
Dieu ne saurait lui en vouloir, et Son image dans
l'esprit d'autrui ne mérite pas d'en être faussée.

Je ne voudrais pourtant point trop accuser Éveline ;
je crois en vérité que sa nature était foncièrement
meilleure que la mienne ; mais était-ce une raison
pour considérer comme insincère tout mouvement
de mon âme qui n'était peut-être pas spontané ?
Éveline était naturellement vertueuse ; je m'efforçais
vers la vertu. N'est-ce donc pas ce que chacun de nous
doit faire ? Avais-je tort de ne point m'accepter tel
que j'étais, de me vouloir meilleur ? Sans cette constante exigence, que vaut un homme ? Chacun de
nous, lorsqu'il s'abandonne à lui-même, n'est-il pas
profondément misérable ? Ce qu'Éveline méprisait
en moi, c'était cet effort vers le mieux qui seul n'était
pas méprisable. Sans doute elle s'était méprise d'abord,
mais qu'y pouvais-je ? Aux premiers temps, son amour
pour moi l'aveuglait sur mes défauts, sur mes manques ;
mais devait-elle ensuite m'en vouloir, si j'étais moins
intelligent, moins bon, moins vertueux, moins valeu-
reux que d'abord elle me voyait ? Plus infirme je me
sentais, et plus j'avais besoin de son amour. Il m'a
toujours paru que les « grands hommes », eux, n'avaient
pas tant besoin que nous d'être aimés. Et le besoin
de ressembler à cet être meilleur que moi, que d'abord
elle avait cru que j'étais, cette application, ce zèle ne
méritaient-ils pas surtout son amour ?

La nouvelle expérience que, depuis la mort d'Éveline, j'en ai pu faire avec le conseil et l'aide de Dieu m'a prouvé surabondamment de quel secours peut être ici l'amour conjugal. Que n'eussé-je point fait de ma vie, un peu mieux compris, soutenu, encouragé par ma première femme! Mais tout son soin semblait au contraire de me ramener et rabaisser jusqu'à cet être naturel que je prétendais surpasser. Je l'ai dit : elle ne considérait en moi que ce que Notre-Seigneur appelle en chacun de nous « le vieil homme », et dont Il vient nous délivrer.

Pauvre Éveline, qui n'aspirait à aucun ciel! comment eût-elle aidé à atteindre celui que la religion nous permet dès ici-bas d'entrevoir? Comment pouvais-je espérer de l'y retrouver un jour? C'est cette considération qui, avec l'aide de la Providence, m'amena à me remarier, un temps décent après mon veuvage, Dieu voulant bien avoir égard au grand besoin que j'éprouvais de m'assurer d'une compagne pour le peu de temps qu'il me reste à vivre sur terre, et aussi pour l'éternité, si pourtant Dieu, qui doit alors emplir nos cœurs, n'absorbe pas en Lui tout amour.

Geneviève

ou

la confidence inachevée

Peu de temps après la publication de L'École des femmes, *puis de* Robert, *j'ai reçu, en manuscrit, le début d'un récit en quelque sorte complémentaire, c'est-à-dire pouvant être considéré, s'ajoutant aux deux autres, comme le troisième volet d'un triptyque.*

Après avoir longtemps attendu la suite, je me décide à donner ce début tel quel, avec, en manière d'introduction, la lettre qui l'accompagnait.

André Gide.

Monsieur,

Puis-je espérer que vous consentirez à couvrir de votre nom, comme déjà vous avez fait pour le journal de ma mère, puis pour la défense de mon père, le livre que je vous envoie?

Je crains que ce livre ne soit pas du tout de nature à vous plaire. N'étant guère friande de littérature, je ne vous ai pas beaucoup lu, je l'avoue ; assez toutefois pour me convaincre que les questions qui m'intéressent vous laissent indifférent ; du moins je n'en trouve pas trace dans vos livres. Les sujets que vous y abordez échappent autant qu'il se peut à ce que vous semblez considérer comme des « contingences » indignes de votre attention, tandis que vous ne trouverez ici, exposés sans art, que des problèmes d'ordre pratique. Votre esprit plane dans l'absolu ; je me débats dans le relatif. La question n'est point pour moi, comme pour les héros que vous peignez et pour vous-même, d'une façon vague et générale, que

peut l'homme? *mais bien, d'une manière toute maté-
rielle et précise : Qu'est-ce que, de nos jours, une femme
est en mesure et en droit d'espérer?*

*N'est-il pas naturel que ce « problème » paraisse, pour
la femme encore jeune que je suis, de première importance? Si important soit-il, ce n'est que de nos jours qu'il
commence vraiment à se dresser. Oui, ce n'est que depuis
la guerre, où tant de femmes ont fait preuve d'une valeur
et d'une énergie dont les hommes ne les eussent point crues
capables, que l'on commence à leur reconnaître, et
qu'elles-mêmes commencent à revendiquer, leurs droits
à des vertus qui ne soient pas simplement privatives, de
dévouement, de soumission et de fidélité; de dévouement
à l'homme, de soumission à l'homme, de fidélité à l'homme;
car il semblait jusqu'à présent que toutes les vertus affir-
matives dussent demeurer l'apanage de l'homme et que
l'homme se les fût toutes réservées. Je crois que nul
ne peut contester aujourd'hui que la situation de la
femme a changé considérablement depuis la guerre. Et
peut-être ne fallait-il pas moins que cette catastrophe
effroyable pour permettre aux femmes de rendre manifestes des qualités qui semblaient jusqu'à ce jour excep-
tionnelles ; pour permettre à la valeur des femmes
d'être prise en considération.*

*Le livre de ma mère s'adresse à une génération passée.
Du temps de la jeunesse de ma mère, une femme pouvait
souhaiter sa liberté ; à présent il ne s'agit plus de la
souhaiter, mais de la prendre. Comment et à quelles
fins! c'est ce qui importe et que je vais tâcher de dire, du
moins pour ce qui est de moi.*

Je ne me pose pas en exemple ; mais il me semble que

le simple récit que je veux faire de ma vie peut avertir ; je le donne comme une suite au journal de ma mère, comme une Nouvelle École des femmes. *Et pour bien indiquer que ce n'est là qu'un exemple entre maints autres, qu'un exemple particulier, je l'intitulerai* Geneviève, *nom d'emprunt sous lequel je figure déjà dans le journal de ma mère.*

PREMIÈRE PARTIE

En 1913, comme je venais d'avoir quinze ans, ma
mère me fit entrer au lycée, malgré la vive désappro-
bation de mon père ; mais, de volonté faible en dépit
de ses airs assurés, mon père cédait toujours, quitte à
se payer de sa défaite en une menue monnaie de critiques continuelles. Cette éducation de lycée fut responsable, selon lui, de ce qu'il appela mes « écarts
de pensée », puis, plus tard, de mes « écarts de conduite ».

Je tiens de ma mère un certain goût pour le travail,
et une assiduité naturelle qu'elle encourageait en
feignant de s'instruire à travers moi. Lorsque je
rentrais du lycée, elle m'aidait à mes devoirs, apprenait
avec moi mes leçons, et je lui rapportais tout ce que
j'avais appris en classe, comme d'autres raconteraient
ce qu'ils ont vu ou entendu dans une sortie en ville.
C'est ce qui lui donna, je crois, l'illusion que je pusse
avoir eu sur elle plus d'influence qu'elle n'en avait eu
sur moi. Cette illusion — si c'en est une — elle cherchait à me la donner à moi-même, et rien ne servit

plus à me mûrir, à entretenir mon zèle et une certaine confiance en soi, qui lui manquait.

Je dois également à ma mère un ardent désir, un besoin de me rendre utile, et si déjà ce désir existait naturellement en moi, sommeillant, elle sut l'éveiller, l'aviver sans cesse. Il était alimenté chez ma mère par un extraordinaire amour pour les pauvres, les souffrants et tous ceux que mon père appelait (que ma mère se refusait d'appeler) « nos inférieurs ». J'ai d'autant plus à cœur de le dire que ni le journal de ma mère, ni le plaidoyer de mon père, n'en laisse rien connaître. Ma mère se dépensait et se dévouait non seulement sans ostentation, mais même en se cachant, comme de tout ce qui eût pu lui attirer quelques louanges. Cette pudeur extrême et cette modestie (que je n'ai pas héritées d'elle, il faut bien que je l'avoue) étaient telles que l'on pouvait vivre près d'elle longtemps sans se douter de ses vertus. Mon père avait, tout au contraire, un aussi constant souci de se faire valoir que ma mère de s'effacer. Il semblait qu'il attachât plus de prix à l'apparence de la vertu qu'à la vertu même. Je ne pense pas qu'il fût précisément un hypocrite et qu'il ne cherchât pas à devenir tel qu'il se montrait ; mais chez lui le geste ou la parole précédait toujours l'émotion ou la pensée, de sorte qu'il restait toujours en retard et comme endetté envers lui-même. Ma mère souffrait beaucoup de cela ; et je l'aimais trop pour ne pas détester mon père.

En classe, ma voisine de droite était, de toutes mes camarades, celle qui attirait et retenait le plus mon regard. De peau brune, ses cheveux noirs bouclés,

presque crépus, cachaient ses tempes et une partie de
son front. On n'eût pu dire qu'elle était précisément
belle, mais son charme étrange était pour moi beaucoup plus séduisant que la beauté. Elle s'appelait
Sara et insistait pour qu'on ne mît pas d'h à son nom.
Lorsque, un peu plus tard, je lus *Les Orientales*, c'est
elle que j'imaginais, « belle d'indolence », se balancer
dans le hamac. Elle était bizarrement vêtue, et l'échan-
crure de son corsage laissait voir une gorge formée.
Ses mains rarement propres, aux ongles rongés,
étaient extraordinairement fluettes.

— Qu'est-ce que vous avez à me reluquer comme
ça ? — me dit-elle brusquement le premier jour.

Je détournai les yeux en rougissant beaucoup et
n'osai lui dire que je la trouvais ravissante. Les autres
élèves ne semblaient pas de mon avis et, dans les
conversations que je surpris, on s'accordait à critiquer
son teint de « bohémienne ». Son air grave et le presque
constant froncement de ses sourcils, qui plissait légèrement son beau front, semblaient indiquer une tension de volonté singulière, une attention... j'aurais
voulu savoir à quoi, car ce n'était certes pas au cours.
Lorsqu'il arrivait qu'on l'interrogeât, on se rendait
aussitôt compte qu'elle n'avait rien écouté ; et si, dans
ses moments de tension, elle paraissait plus âgée
qu'aucune de nous, encore qu'elle me dît être exactement de mon âge, de brusques élans de joie, des sortes
de transes de gaieté, la replongeaient aussitôt après
dans l'enfance.

Dès les premiers jours, je m'épris pour elle d'un
sentiment confus que je n'avais jamais encore éprouvé

pour personne et qui me paraissait si neuf, si étrange,
que je doutais si c'était bien moi, Geneviève, qui
l'éprouvais, et si ne m'envahissait pas une personnalité étrangère qui me dépossédait de ma volonté
et de mon corps. Cependant Sara semblait me remarquer à peine, et je ne sais de quelle extravagance je
me sentais capable pour attirer son attention. Je
cherchais ce qui pouvait lui plaire ; elle semblait
malheureusement insensible à tous les succès scolaires
et je me dépitais qu'elle parût si peu remarquer les
miens. Lorsque je lui parlais, elle me répondait à peine ;
ce que je lui disais ne semblait jamais l'intéresser.
Elle était certes loin d'être sotte et son prestige, à mes
yeux, était tel que je ne pouvais croire qu'elle ne fût
pas supérieure dans quelque domaine ; mais je ne
pouvais découvrir en quoi. Certain jour de concours
de récitation, j'eus une brusque révélation. Après que
plusieurs élèves et moi-même nous eûmes plus ou
moins péniblement ressassé les stances du *Cid*, le songe
d'*Athalie* ou le récit de Théramène, sans autre souci que
de ne point trébucher et comme si ces vers n'eussent
été écrits qu'en vue d'exercer notre mémoire, notre
maîtresse de français appela Sara :

— Quittez votre place, venez devant la chaire et
montrez-nous comment on doit dire les vers.

Sara, sans gêne aucune, s'avança puis, face aux
élèves, commença de réciter la première scène de
Britannicus. Sa voix, plus pleine et plus grave que
d'ordinaire, prenait une sonorité que je ne lui connaissais pas encore. Ainsi que les autres élèves j'avais
appris ces vers par cœur ; notre maîtresse nous les

avait commentés, en avait fait valoir les mérites, mais je ne m'étais pas encore avisée de leur beauté. Celle-ci m'apparut soudain à travers la récitation de Sara; et un frisson quasi religieux coula le long de mon dos, me secoua tout entière tandis que les larmes emplissaient mes yeux. La maîtresse elle-même semblait émue.

— Mademoiselle Keller — dit-elle enfin, après que la récitation fut finie, — nous vous remercions toutes. Avec les dons que vous avez, vous êtes inexcusable de ne pas travailler davantage.

Sara fit une courte révérence ironique, une sorte de pirouette, et rejoignit sa place auprès de moi.

J'étais toute tremblante d'une admiration, d'un enthousiasme que j'eusse voulu pouvoir lui exprimer, mais il ne me venait à l'esprit que des phrases que je craignais qu'elle ne trouvât ridicules. La classe était près de finir. Vite, je déchirai le bas d'une feuille de mon cahier; j'écrivis en tremblant sur ce bout de papier : « Je voudrais être votre amie » et glissai vers elle gauchement ce billet.

Je la vis froisser le papier; le rouler entre ses doigts. J'espérais un regard d'elle, un sourire, mais son visage restait impassible et plus impénétrable que jamais. Je sentis que je ne pourrais supporter son dédain et m'apprêtais à la haïr.

— Déchirez donc ça, — lui dis-je d'une voix contractée. Mais, soudain, elle redéplia le papier, passa sa main dessus pour l'aplanir, et comme ayant pris une résolution... A ce moment, j'entendis mon nom : la maîtresse m'interrogeait. Je dus me lever, je récitai de manière machinale un court poème de

Victor Hugo, qu'heureusement je savais fort bien.
Dès que je fus rassise, Sara glissa dans ma main le
billet au verso duquel elle avait écrit : « Venez chez
nous dimanche prochain, à trois heures. » Mon cœur
se gonfla de joie et, enhardie :

— Mais je ne sais pas où vous habitez!

Alors elle :

— Passez-moi le papier.

Et tandis que, la classe finie, les élèves rassemblaient
leurs affaires et se levaient pour partir, elle écrivit au
bas du billet : « Sara Keller, 16, rue Campagne-Pre-
mière. »

J'ajoutai prudemment :

— Je ne sais pas encore si je pourrai ; il faut que je
demande à maman.

Elle ne sourit pas précisément, mais les coins de ses
lèvres se relevèrent. Ça pouvait être de la moquerie ;
aussi ajoutai-je bien vite :

— Je crains que nous ne soyons déjà invitées.

Habitant dans un tout autre quartier et assez loin
du lycée, je devais me séparer de Sara dès la sortie ;
d'ordinaire je m'en allais seule et très vite. Ma mère,
qui voulait me marquer sa confiance, ne venait pas
me chercher, mais elle m'avait fait promettre de rentrer toujours directement et de ne m'attarder point à
causer avec les autres élèves. Ce jour-là, je courus
durant la moitié du trajet, tant j'étais pressée de lui
faire part de la proposition de Sara. Je n'étais pas du
tout sûre que ma mère acceptât, car, en dehors du
lycée, elle ne me laissait que rarement sortir seule.
D'ordinaire je n'avais rien de caché pour ma mère ;

pourtant je ne sais quelle pudeur m'avait jusqu'alors retenue de lui parler de Sara. Je dus tout dire en une fois : et la récitation de *Britannicus* et mon enthousiasme que je ne cherchai pas à cacher, et même cette attirance singulière que j'aurais été bien incapable de taire et qui se marquait malgré moi dans mon récit. Comme j'avais enfin demandé : « Est-ce que tu me permettras d'y aller ? » maman ne répondit pas aussitôt. Je savais qu'elle avait toujours peine à me refuser quelque chose :

— Je voudrais d'abord en savoir un peu plus sur ta nouvelle amie et sur ses parents. Lui as-tu demandé ce que faisait son père ?

J'avouai que je n'y avais pas songé, et promis de m'en informer. Deux jours nous séparaient encore du dimanche.

— Demain, je viendrai te chercher à la sortie, — ajouta ma mère — tu tâcheras de me présenter cette enfant ; je voudrais la connaître.

Ce samedi, j'observai Sara en me demandant anxieusement l'impression que maman pourrait avoir d'elle. Il me parut que sa mise était plus négligée qu'à l'ordinaire ; en particulier sa coiffure était dans un grand désordre.

— Arrangez un peu vos cheveux, — lui dis-je enfin craintivement.

— Pourquoi ?

— Parce que maman va venir me chercher. Elle voudrait vous connaître.

— Oui ; avant de savoir si elle doit vous laisser venir dimanche, n'est-ce pas ?

Je ne pus protester ; pourtant je n'aurais pas voulu paraître trop sous la tutelle de ma mère.

— Peut-être, — dis-je. — Oh! je voudrais tant que vous lui plaisiez! — Je me retins d'ajouter : — Et qu'elle vous plaise aussi... — mais aussitôt je m'inquiétai de la robe et du chapeau qu'aurait mis ma mère.

— Ça ne m'amuse pas beaucoup, cet examen, — dit Sara.

Pourtant, à la sortie, elle ne s'échappa point, comme je le craignais. Maman était devant la porte. Je pense qu'elle-même était soucieuse de plaire à mon amie ; jamais elle ne m'avait paru plus charmante.

— Geneviève m'a beaucoup parlé de vous, — dit-elle à Sara, avec une affabilité exquise. — J'aurais voulu vous entendre réciter ces vers de Racine. Ils sont si beaux... Mais je pense que vous ne les auriez pas si bien dits si vous ne les aimiez pas.

Manifestement elle cherchait ce qui pût inviter l'autre à parler. Sara était certainement beaucoup moins troublée que moi.

— Oh! oui, — dit-elle aussitôt — mais j'aurais préféré réciter du Baudelaire.

Je n'avais encore rien lu de Baudelaire et craignais que maman ne le connût pas davantage ; allait-elle le laisser paraître ?

— Quoi, par exemple ?

— Oh! de préférence *La Mort des amants*.

Je sentis que je rougissais. Sûrement ce titre allait scandaliser ma mère. Je la regardai. Elle souriait :

— Mais ce n'est sans doute pas de la poésie pour lycée, — dit-elle. — Vous avez des frères et des sœurs ?

— Un frère plus âgé qui fait son service militaire en Algérie ; puis, comme allant au-devant d'une question de ma mère : — Mon père est peintre.

— Quoi ! — s'écria maman — vous seriez la fille d'Alfred Keller dont tout le monde admirait les toiles au Salon dernier ? Cela m'explique vos goûts d'artiste.

J'étais ravie d'apprendre que le père de Sara était célèbre ; mais soudain le front de maman se rembrunit et, à ma consternation, elle ajouta :

— Je sais que vous avez invité Geneviève pour dimanche ; malheureusement elle ne sera pas libre.

Et, comme Sara ripostait un peu sèchement :

— Je regrette.

— Ce sera pour une autre fois, — dit ma mère en lui tendant la main.

Et, sitôt que Sara nous eut quittées :

— Mais, tu ne m'avais pas dit... C'est une juive !

Ce mot ne signifiait presque rien pour moi. Je connaissais l'histoire sainte, je savais ce que les juifs avaient été autrefois mais point du tout ce qu'ils pouvaient être aujourd'hui. Une imperceptible nuance dans le ton de sa voix m'avait heurté douloureusement le cœur.

— Une juive ? — m'écriai-je. — A quoi reconnaît-on cela ?

— Il m'a suffi de la voir. Elle est du reste très jolie. — Et, comme suivant à la fois deux idées : — Du reste il y a beaucoup de juives au lycée.

Alors je hasardai :

— Est-ce parce qu'elle est juive que tu ne me laisses pas aller chez elle ? Pourquoi lui as-tu dit que

je n'étais pas libre ? Tu sais bien que ça n'est pas
vrai.

— Mon enfant, je ne pouvais pas lui dire brutalement que nous refusions son invitation. Ce n'est pas
sa faute si elle est juive et si son père est un artiste. Je
ne voulais pas la peiner. D'ailleurs — ajouta-t-elle en
voyant mes yeux pleins de larmes — les juifs ont
beaucoup de qualités et certains d'entre eux sont très
remarquables. Mais je préfère ne pas te laisser aller
dans un milieu si différent du nôtre, avant d'avoir pris
quelques renseignements.

— Oh ! maman, j'aurais tant voulu...

— Mon enfant, pas cette fois. N'insiste pas. Du reste,
il est trop tard... — Puis, plus tendrement : — Voyons,
Geneviève, tu sais bien que cela me fait de la peine de
te peiner.

Oui, je le savais bien ; mais ma mère, en me refusant,
me paraissait céder à des raisons de convenances, et
qui venaient moins d'elle-même que de notre entou-
rage, de notre situation, de notre rang social ; je sentais
cela vaguement ; et d'ordinaire elle m'enseignait à ne
pas tenir compte de ces raisons-là. Pourtant il était
tout naturel qu'elle ne me laissât pas fréquenter, si
jeune et si malléable encore, des inconnus peut-être
peu recommandables. Cela aussi je le sentais vaguement ; et, au fond de moi, sans doute j'approuvais sa
décision. Mais il me semblait qu'un amoncellement
de conventions me séparait de ma nouvelle amie, et
j'en éprouvais une tristesse affreuse.

— Du reste — reprit ma mère après un long silence
— je ne t'empêche pas de voir ta camarade ; peut-

être même pourras-tu l'inviter à venir chez nous. Je te
dirai cela plus tard.

Certainement elle se désolait d'avoir dû me causer
ce chagrin ; on eût dit qu'elle cherchait à s'en excuser
presque et qu'elle eût voulu l'adoucir. Mais il devait
s'y ajouter bientôt une peine encore plus vive. Lorsque
je revis Sara, le lundi suivant :

— C'est dommage que votre mère ne vous ait pas
laissée venir, — me dit-elle aussitôt. Puis, avec une
sorte de cruauté, et comme s'amusant à mêler aux
regrets que je pouvais avoir l'amer poison de la jalousie : — Gisèle était là. Papa nous a menées au Palais de
Glace. Gisèle s'est foulé le pied. C'est pour ça qu'elle
n'a pas pu venir en classe ce matin. Mais nous nous
sommes royalement amusées.

Gisèle Parmentier était la meilleure élève de notre
classe. Son père, mort depuis longtemps, avait été un
remarquable professeur au Collège de France, avais-je
entendu dire. Sa mère était anglaise. Gisèle, son unique
enfant, parlait l'anglais aussi bien que le français. Son
intelligence était plutôt profonde que vive. Il ne semblait pas qu'elle eût à faire aucun effort pour se maintenir à la tête des autres élèves du lycée. Mais c'était
plutôt encore son intimité avec Sara qui me l'avait fait
remarquer. Toutes deux avaient ensemble de longs
entretiens, et Sara ne causait guère qu'avec elle. Gisèle,
par contre, aux récréations était souvent fort entourée
et ne semblait faire nulle attention à moi, « la nouvelle ».
Elle occupait une place à l'autre extrémité de la classe
et je ne pouvais l'approcher que pendant les minutes
de récréation où les élèves s'égaillaient dans une vaste

cour plantée d'arbres. Certain jour, comme je m'approchais d'un groupe fort animé dont Gisèle occupait le centre, une élève brusquement, se tournant vers moi, me demanda mon avis sur je ne sais plus quel sujet épineux sur lequel il semblait qu'on ne pût se mettre d'accord, et, comme je ne répondais pas aussitôt, une autre élève s'était écriée :

— Vous voyez bien que Mademoiselle est beaucoup trop bien élevée pour oser se prononcer. Elle craindrait de se compromettre.

Cette apostrophe m'apparut la plus injuste du monde. Je me sentis aussitôt capable de tout pour prouver à Gisèle que je méritais une estime qu'on semblait ne point vouloir m'accorder ; pour lui prouver, et me prouver à moi-même, que la peur de me compromettre ne m'arrêterait point, en dépit de ma réserve et de mon air « trop bien élevé ». Capable de... mais précisément : je ne savais de quoi. Je haussai les épaules et murmurai :

— Celles qui parlent le plus ne sont pas celles...

— Qu'est-ce qu'elle dit, qu'est-ce qu'elle dit ? — s'écrièrent confusément plusieurs.

— Ne sont pas toujours celles qui agissent.

Aussitôt dite, ma phrase me parut absurde. Heureusement elle ne fut pas relevée.

Quand Sara m'annonça que Gisèle s'était foulé le pied, je sentis une mauvaise joie. Quelques jours de répit, pensai-je. Gisèle et Sara étaient les deux seules élèves avec qui je souhaitais me lier. Dédaignée par l'une et contrainte par ma mère de refuser les avances de l'autre, je sentais péniblement ma solitude et m'en-

fonçais dans la mélancolie, lorsque ma mère, qui
certainement remarquait ma tristesse, m'annonça
qu'elle avait décidé mon père à écrire au père de Sara
pour le convier avec elle à une de nos réunions du
jeudi soir.

Ma mère n'avait pas de « jour » et même professait,
pour toutes les obligations mondaines, une aversion
que mon père ne cessait de lui reprocher. Il la tenait
pour responsable de ses échecs; car, comme ceux qui
n'ont pas grande valeur personnelle, il se plaisait à
croire que tout s'obtient par intrigue ou par entregent.
Je crois que le plus clair de ce qu'il appelait pompeusement son « travail » consistait en courbettes à faire
ou à recevoir, dont il tenait compte très exact. Je
comprends de reste que ma mère ne se pliât pas à ces
pratiques où, disait-elle, s'émousse la conscience et
certain sentiment de probité morale et intellectuelle
qu'elle souhaitait préserver en moi. Aucune raison ne
peut me retenir de juger mon père encore plus sévèrement qu'elle ne fait elle-même dans son journal.
J'estime que rien ne peut fausser davantage le caractère d'un enfant que de lui imposer un respect de
commande pour des parents, dès que ceux-ci ne sont
pas respectables. Ma mère, par contre, méritait ma
vénération, et mon amour pour elle était presque de
la dévotion. Quant à mon père, je cessai vite de le
prendre au sérieux. Sans doute les réflexions que voici
n'étaient point encore celles de l'enfant que j'étais
alors. Mais déjà je m'impatientais de l'entendre se
contredire, soutenir comme siennes des opinions que
je savais empruntées, mettre en avant des sentiments

sublimes qu'il était incapable d'alimenter ou faire
étalage de convictions intransigeantes qui cachaient
mal le caractère le plus pliable et le plus complaisant
qui soit. Il appelait volontiers ses menus essoufle-
ments moraux : du « savoir-vivre », et excellait à mettre
ses déconvenues sur le compte de sa délicatesse, de sa
probité « excessive », de ses scrupules, avec une ingé-
niosité et une ingénuité qui exaspéraient ma pauvre
mère. Elle en parle d'ailleurs beaucoup mieux que je
ne saurais le faire et ce que j'en dis n'y ajoute rien.

Combien de lecteurs vont s'indigner de m'entendre
m'exprimer aussi librement sur mon père ! Ce n'est
pas pour ces lecteurs que j'écris, et je suis bien décidée
à passer outre à toutes les considérations de prétendue
convenance, de décence ou de pudeur. Mon récit n'a
raison d'être que parfaitement franc ; si cette franchise
prend parfois couleur de cynisme, je crois que cela
vient surtout de l'habitude invétérée qu'on a de regarder de travers et de n'aborder point, ou qu'avec un tas
de circonlocutions rassurantes, certains sujets que je
me propose de regarder en face, comme ils méritent
de l'être.

Je crois (mais ce sont mes réflexions d'aujourd'hui
dont je fais part), je crois de plus en plus fermement
qu'il est bien peu de nos maux qui ne soient dus à
l'ignorance et dont le remède puisse être cherché sans
un préalable éclairement net et cru des questions. Les
considérations de pudeur et de morale n'ont que faire
ici ; elles ne tendent qu'à fausser tous les problèmes.
Et certains de ceux-ci nous ne les abordons encore
qu'avec une paralysante réserve, comparable à cette

retenue qui empêcha le progrès de la médecine et
toute connaissance anatomique exacte, aussi longtemps
que l'examen du corps humain put être considéré
comme indécent et attentatoire. L'examen attentif de
ce qui est doit précéder tout acheminement vers
ce qui pourrait être, vers toutes réformes et améliora-
tions tant sociales qu'individuelles. Ce n'est pas un
roman que j'écris ici et je me laisserai volontiers entraîner à des considérations qui couperont mon récit, mais
qui m'importent, je l'avoue, beaucoup plus que ce
récit lui-même. L'expérience que je fis de la vie, je ne
la raconte que dans l'espoir qu'elle puisse être de quelque enseignement ou de quelque secours. Je ne retien-
drai donc point les commentaires, dût la « qualité
artistique » de ces pages en souffrir. J'ai déjà dit que
je n'avais pas grand goût pour la littérature. Il me semble même que certaine perfection, que je me défends
de souhaiter, ne saurait être obtenue qu'aux dépens
de la vérité. Celle-ci, dès qu'il ne s'agit plus d'abstrac-
tion mais de vie, demeure complexe, trouble, incertaine, et ne prête pas à l'épure.... pour laquelle je n'ai
du reste aucun don. Peu m'importe si ce que j'écris
n'a ici qu'un intérêt passager. Je n'ai nullement l'intention, l'illusion, de fixer rien d'éternel, et si ce qui m'an-
goissait hier, ce qui m'occupe aujourd'hui, cesse bientôt d'être de quelque intérêt que ce soit, j'en suis aise.

Nous voici bien loin, M. Gide, des considérations
qui dictent vos livres. Vous disiez, il m'en souvient :
« J'écris pour être relu » ; quant à moi, tout au contraire,
j'écris ceci pour aider celui ou celle qui me lit à passer
outre. Tout ce qui peut aider au progrès, tout ce qui

peut aider l'homme à s'élever un peu au-dessus de son
état actuel, doit être bientôt repoussé du pied comme
un échelon sur lequel on a d'abord pris appui.

Une fois par semaine mon père conviait à dîner
certains personnages dont il souhaitait conquérir le
bon vouloir. Ces soirs-là, j'allais dîner chez nos cousins
Froberville. Le lendemain, notre déjeuner bénéficiait
des reliefs du festin de la veille et des échos des conversations. Mon père semblait alors plus pénétré que
jamais de son importance.

En plus de ces réceptions, nous avions coutume
d'ouvrir nos portes, chaque jeudi soir, à quelques
fidèles amis dont le docteur Marchant et sa femme qui,
je m'en rendais compte, étaient beaucoup plutôt les
amis de ma mère que de mon père. La question s'était
posée (m'avait redit ma mère) : Inviterait-on le père
de Sara à l'un des dîners cérémonieux ou à l'une de
nos soirées intimes ? Le dîner lui en imposerait
davantage ; mais on ne savait trop à qui réunir ce
nouveau venu... Car papa avait une terrible peur que
Keller ne « marquât mal ». Papa professait volontiers
une grande liberté d'esprit ; par pure affectation du
reste, car il était d'autre part fort ancré dans des idées
de commande. Il disait, à qui voulait l'entendre, que
le talent excusait tout ; mais sans talent lui-même, il
n'excusait rien ; et rien ne le gênait plus que ce qu'il
appelait le « manque de savoir-vivre », car il n'avait
guère d'autre savoir. De plus, sans être antisémite
déclaré, il avait en suspicion tous les juifs. Admettre

Keller à une de nos petites soirées intimes n'engageait
à rien ; et, somme toute, cette invitation n'avait d'autre
but que de nous réunir, Sara et moi, malgré l'ennui non
dissimulé de mon père de voir sa fille se lier avec
quelqu'un qui ne fût pas « de notre monde ».

Mon père se félicita plus encore de sa décision,
lorsqu'une réponse de Keller nous avertit qu'il « ne
sortait jamais sans sa femme ». Madame Keller accom-
pagnerait donc Sara.

Cette soirée dont je m'étais promis tant de joie fut
pour moi l'occasion d'une souffrance indicible. Il
apparut même à mes yeux d'enfant, et dès l'entrée de
nos nouveaux hôtes, que leur présence dans notre salon bourgeois était parfaitement déplacée. Je n'appris
(et mes parents n'apprirent) que longtemps ensuite,
que Keller n'était pas authentiquement marié et que
la mère de Sara, de très basse origine (ainsi que lui-
même d'ailleurs), avait été son modèle avant de devenir
sa compagne. A entendre parler mon père, « épouser
son modèle » semblait un comble d'abjection ; son
mépris pourtant augmenta lorsqu'il apprit que Keller
« ne l'avait même pas épousée ». De cela nous ne savions rien encore et sinon, déclarait mon père plus
tard, « on ne les aurait naturellement pas invités ».
J'appris aussi, par la suite, que le couple formait un
ménage profondément uni ; mais, disait mon père plus
tard, « cela ne change rien à l'affaire » ; Madame Keller
avait dû être très belle ; elle l'était encore, bien que
fâcheusement empâtée. Sa mise trop voyante pour
notre milieu terne, trop somptueuse, « extravagante »,
disait mon père le lendemain matin, fit valoir aussitôt

la discrétion modeste de madame Marchant et de ma
mère. Mais, par contraste, les robes sombres et mon-
tantes de celles-ci me parurent aussitôt désuètes,
étriquées, et ennuyeusement « comme il faut ». Quant à
moi-même, qui avais revêtu ce soir-là une toilette
claire des plus modestes, je me sentis toute guindée
auprès de Sara qu'enveloppait harmonieusement et
comme négligemment une souple soie rouge sombre,
dont le ton chaud faisait valoir l'éclat ambré de sa
peau. Ce n'est pas que j'attachasse grande importance
au costume, mais au contact de la grâce et de l'aisance
de Sara, et par l'effet d'une extrême sympathie qui me
fit voir avec ses yeux à elle notre intérieur, ce milieu
dans lequel j'avais vécu jusqu'alors laissa paraître son
insignifiance et sa conventionnelle banalité. Le lustre,
les tentures, les fauteuils, le mobilier, tout se désen-
chanta soudain, s'embourgeoisa, se ternit. Ce n'était
pas pourtant que notre intérieur fût particulièrement
déplaisant ; ni mon père même, ni ma mère n'avait ce
qu'on nomme communément « mauvais goût », mais
l'un et l'autre sacrifiaient à l'usage ; la décence même
du style bourgeois qui les contentait, combien les
toilettes de madame Keller et de Sara faisaient paraître
cela médiocre et bêtement timoré.

— Ce que c'est cossu, chez vous ! — me dit Sara ; et
ce furent les premières paroles qu'elle m'adressa, d'un
ton indéfinissable où entrait un mélange d'étonnement
admiratif et de je ne sais quelle ironie, un peu mépri-
sante, me sembla-t-il, qui me fit aussitôt rougir.

Mon père, qui s'était renseigné, nous avait dit que
Keller vendait fort bien ses tableaux et fort cher. Mais,

lorsque je pénétrai peu de temps ensuite dans l'atelier du père de mon amie, je n'y vis rien qui marquât précisément la fortune. Chez nous, au contraire, tout semblait raconter indiscrètement le chiffre de nos revenus.

Que les Keller fissent mauvaise impression à mes parents, c'est ce dont je ne pouvais douter; cela me sautait aux yeux, si enfant que je fusse encore; mais aussi le grand effort que faisaient mes parents pour n'en rien laisser paraître. Chacun avait souci, ce soir-là, de paraître parfaitement à son aise et vraiment je crois que j'étais seule à souffrir de la disparate; c'était aussi sans doute à cause de la sincérité de mes sentiments pour Sara. Je l'avais aussitôt prise à part, tandis que la conversation de nos parents prenait prétexte de quelques tableaux accrochés aux murs. C'étaient, pour la plupart, des toiles de notre ami Bourgweilsdorf que mon père avait ressorties de ses armoires après la mort récente de celui-ci, car les marchands et le public s'étaient alors brusquement avisés de leur valeur. Papa, du reste, qui s'occupait alors d'une revue d'art, avait beaucoup fait — disait-il — pour le « lancer », et lui obtenir posthumément la gloire qui lui fut refusée de son vivant.

— Vous savez, — me dit Sara — papa fait semblant de trouver cela bien; mais, au fond, il a horreur de cette peinture.

— Et vous? — demandai-je craintivement.

— Oh! moi, la peinture ne m'intéresse pas. J'en vois trop. Je n'aime que la musique et la poésie.

J'étais extrêmement désireuse de trouver « bien » les parents de mon amie; mais combien, auprès de ma

mère et de madame Marchant, madame Keller me
paraissait vulgaire! Elle riait trop haut, et à propos de
tout, rejetant la tête en arrière et pouffant derrière un
grand éventail déployé. Je fus amenée plus tard à la
connaître pour une excellente femme, mais assez sotte
et d'une insondable ignorance. Quant à Keller, je ne
sais comment il pouvait à la fois ressembler à sa fille et
être aussi laid. Je ne me souviens d'aucun des propos
qu'il lançait avec une grande assurance, mais bien de
l'agacement très apparent qu'en ressentait le docteur
Marchant.

Lorsqu'on nous apporta des rafraîchissements,
Marchant profita de la diversion pour demander à
Sara si elle ne nous réciterait pas quelque chose.

— Geneviève nous a parlé de votre extraordinaire
talent, — dit-il. — Je crois que nous sommes ici
quelques-uns qui goûterions les vers dits par vous,
beaucoup mieux que n'ont pu faire vos camarades de
classe.

Sara ne se fit nullement prier. Mais, comme elle
hésitait et demandait ce que nous souhaiterions entendre :

— Eh bien! — dit gentiment ma mère — pourquoi
ne pas réciter cette *Mort des amants*, que vous m'avez
dit l'autre jour que vous aimiez particulièrement?

— Un des sommets de la poésie française, — déclara sentencieusement papa. — Voulez-vous le livre,
mademoiselle?...

Puis il ajouta que Baudelaire était son poète préféré
et qu'il avait toujours *Les Fleurs du mal* auprès de lui.
Il tira aussitôt d'une petite bibliothèque tournante,

sur le piano, un volume dont sans doute il avait souci de faire admirer la reliure, car il devait bien penser que Sara réciterait par cœur. Elle s'appuya de dos contre le piano à queue, prit une expression comme douloureuse et souriante à la fois qui la rendit plus belle encore, et récita d'une voix égale, riche mais extraordinairement douce et voilée, ce poème admirable, que je ne connaissais pas. Je ne suis pas très sensible à la poésie, je l'avoue, et sans doute serais-je restée indifférente devant ces vers, si je les avais lus moi-même. Ainsi récités par Sara, ils pénétrèrent jusqu'à mon cœur. Les mots perdaient leur sens précis, que je ne cherchais qu'à peine à comprendre ; chacun d'eux se faisait musique, subtilement évocateur d'un paradis dormant ; et j'eus la soudaine révélation d'un autre monde dont le monde extérieur ne serait que le pâle et morne reflet.

— Sara, — lui disais-je plus tard — ce n'est pas dans ce monde poétique, si beau qu'il soit, que nous habitons et pouvons agir. Pourquoi nous en donner la nostalgie ?

— Mais il ne tient qu'à nous d'y vivre, me répondait-elle.

J'appris, ce même soir, que Sara se destinait au théâtre. Je raconterai comment je la vis, par la suite, lentement se laisser habiter, posséder, par des personnalités d'emprunt, jusqu'à perdre tout caractère individuel. Je pense aujourd'hui qu'il n'est pas bon (j'allais dire : honnête) de déshabiter ainsi les misères de notre terre, comme certains mystiques font dans un rêve de vie future, et cet échappement au réel m'apparaît une sorte de désertion. Mais ce soir je ne cherchai pas à réagir ; je m'abandonnais au charme de la voix de Sara, comme à une incantation.

Sara, sur la demande de mon père, récita encore *L'Invitation au voyage* et *Le Jet d'eau*. Je fus tout heureusement surprise d'entendre mon père formuler quelques appréciations sur Baudelaire qui m'émerveillèrent ; opinions d'autrui qu'il faisait siennes, comme toujours.

— C'est déjà une actrice, cette petite. Les comédiens, c'est bon sur la scène. Je n'aime pas te voir fréquenter ce monde-là —, déclara mon père le lendemain.

Il n'osa pourtant me défendre d'accepter l'invitation des Keller, qui tinrent à nous rendre notre politesse.

— Voilà ce que c'est de les avoir introduits chez nous, — dit-il. — Maintenant nous ne pouvons pas refuser.

Mon père, toujours soucieux de correction, estimait indécent de se soustraire à ce qu'il considérait comme des obligations mondaines. Mais, celles qui l'ennuyaient trop, il s'en déchargeait sur ma mère ; de sorte qu'il ajouta :

— Vous irez seules toutes les deux. J'aurai un empêchement.

C'était tout ce que je pouvais souhaiter.

La réunion chez les Keller était nombreuse. Artistes et gens de lettres pour la plupart, il y eut, quand nous entrâmes dans l'atelier, une douzaine de pré-

sentations. L'atmosphère de la vaste pièce, bizarrement décorée, était pour moi on ne peut plus dé-
paysante ; pour maman aussi, sans doute, car elle me
dit le lendemain qu'elle s'y était sentie un peu « perdue »
et qu'elle ne souhaitait décidément pas entrer en
relations suivies avec les parents de mon amie. Leur
« genre » ne lui plaisait pas. Il faut dire que, malgré
sa grande liberté de pensée, ma mère restait extrêmement réservée.

— Pourtant, — ajouta-t-elle — ton amie me
paraît charmante et je ne voudrais pas t'empêcher
de la voir. Elle est certainement intelligente et remarquablement douée. Mais ses dons me paraissent si
différents des tiens que je m'étonnerais bien que vous
puissiez longtemps vous entendre. Tu ne pourras la
suivre où elle va et, si tu t'attaches à elle, cela sera
pour toi, plus tard, une cause de tristesse. L'autre
(comment l'appelles-tu ?)... me paraît beaucoup plus
proche de tes goûts.

Cette autre c'était Gisèle Parmentier, que je m'étais
si longtemps désolée de ne pouvoir approcher. J'ai
dit qu'elle n'avait pas d'autre amie que Sara. Et je
n'aurais su dire de laquelle des deux j'étais jalouse,
également éprise de l'une et de l'autre, quoique d'une
façon très différente. Il n'était point question avec
Gisèle d'un attrait physique comme celui de Sara ;
mais de quelque chose de profond, d'indéfinissable.
Non, ce que je jalousais, c'était leur amitié. Ce soir,
pour la première fois près d'elles, j'étais gênée comme
une intruse et ne trouvais rien à leur dire, encore que
le cœur débordant. J'espérais entendre Sara réciter

des vers ; mais une jeune fille, à peine un peu plus
âgée que nous, s'approcha du piano et commença
de chanter en s'accompagnant elle-même. Sara nous
entraîna, Gisèle et moi, dans une autre pièce, vide et
éclairée, qu'une portière retombée séparait de l'atelier.

— Mes parents lui demandent de chanter — nous
dit-elle — pour tâcher de lui décrocher des élèves.
Elle gagne sa vie en donnant des leçons de piano et de
chant. Mais je ne peux supporter ni sa voix ni sa
façon de jouer. Papa non plus du reste ; mais il est
si bon... Et vous — ajouta-t-elle en se tournant vers
moi — est-ce que vous êtes bonne ?

Il me parut imprudent de répondre : oui. Au surplus, je ne savais pas du tout si j'étais « bonne ». Heureusement qu'elle n'attendit pas ma réponse ; mais,
continuant :

— Gisèle, elle, s'efforce d'aimer tout le monde. Je
dis que ça n'est plus de l'amour ; c'est ce que Vedel
(un de nos professeurs) appelle de la *philanthropie*.

— Non, je ne m'efforce pas — protesta Gisèle.
— Mais maman dit toujours...

— Oh! madame Parmentier, — interrompit Sara
— c'est la bonté même. Chaque fois qu'on bèche
quelqu'un devant elle, elle proteste et ne consent à
voir que ce qui peut excuser ses défauts. Alors, qu'est-
ce qu'elle dit, ta mère ?

— Qu'il y a beaucoup plus de gens aimables qu'on
ne croit, et qu'il suffit souvent, pour mieux aimer, de
mieux comprendre et pour mieux comprendre, de
mieux regarder.

Gisèle avait énoncé cet axiome sans pédanterie

aucune, mais avec une gravité charmante. Il me
sembla que si je ne parlais pas aussitôt, je serais
condamnée au silence pour le reste de la soirée. Le son
de ma voix, par avance, me faisait peur ; je la sentais
toute contractée et c'est avec un grand effort que je
lançai :

— Je crois que je ne suis pas naturellement bonne,
mais que je suis capable d'aimer beaucoup.

Je voulais ajouter qu'il me semblait que l'amour
devait être d'autant plus fort qu'il se faisait plus
exclusif et ne se répandait pas sur tous. J'aurais
voulu surtout qu'en parlant de n'aimer que quelques-
uns, Gisèle et Sara pussent se sentir désignées. Mais
comment formuler ma pensée d'une façon qui ne
parût pas prétentieuse ? Cette déclaration, que je
souhaitais faire et qui restait à m'étrangler, me fit
rougir comme si je l'avais prononcée. Gisèle et Sara
me regardèrent ; mais, comme plus un mot ne consentait à sortir de ma bouche, Sara reprit :

— Il y a beaucoup de façons d'aimer. Je crois que
je n'ai aucune vocation pour l'amour conjugal, par
exemple.

— Qu'est-ce que tu peux en savoir ? — dit Gisèle.
— Le jour où tu rencontreras...

Sara l'interrompit de nouveau :

— Oh! Je ne veux pas dire que je ne m'éprendrai
jamais de quelqu'un. Mais sacrifier pour lui mes goûts,
ma vie propre ; ne plus m'occuper qu'à lui être agréable, qu'à le servir...

— Quelle drôle d'idée tu te fais du mariage!

— Mais non ; je t'assure que c'est presque toujours

comme ça. Une fois mariée, on n'a plus de temps pour
rien de ce qui vous intéressait d'abord. Il n'y en a plus
que pour le ménage ; et pour les enfants, si l'on en a.
Regarde Émilie N... (c'était la sœur aînée d'une
« ancienne » de notre lycée) : elle ne vivait que pour
la musique. Elle a obtenu le premier prix au Conservatoire. Depuis qu'elle est mariée, elle n'a plus rouvert
son piano.

— Elle ne pouvait pourtant pas l'emporter dans
son voyage de noces.

— Non, non ; elle me l'a dit ; elle l'a dit à maman :
abandonné pour toujours... et qu'elle avait maintenant
bien trop à faire ; et qu'elle ne tenait pas à se perfec-
tionner dans un art qui la séparait de son mari. Ce
sont là ses propres paroles.

— Elle n'avait qu'à épouser un musicien, — hasardai-je. — Et cette fois c'est la niaiserie de ma réflexion qui me fit de nouveau rougir.

— C'est encore plus prudent de n'épouser personne
— répliqua Sara.

Et comme je reprenais que ça ne devait pas être
bien gai de vivre seule, elle ajouta :

— On n'est pas forcément seule pour cela.

Je n'aurais sans doute pas remarqué ce propos, si
Gisèle ne s'était aussitôt récriée, de sorte que Sara
riposta :

— Avec ça que tu ne penses pas comme moi!
C'est seulement à cause de Geneviève que tu pro-
testes.

Alors, sans trop comprendre ni savoir à quoi ce que
j'allais dire m'engageait, et par immense désir de ne

pas être tenue à l'écart, de témoigner ma sympathie, je m'écriai :

— Mais moi aussi, je pense comme Sara. Il ne faut pas avoir peur de moi ; je sais mal m'exprimer parce que jusqu'à présent je n'ai pu causer avec personne ; mais, si vous me connaissiez, vous comprendriez que je peux être votre amie.

J'avais sorti cela tout d'un trait, dans un immense effort. Tout étonnée et confuse de ce que je venais d'oser dire, le cœur battant, je saisis à la fois une main de Gisèle et l'épaule de Sara contre laquelle je pressai mon front comme pour cacher ma honte. Je sentis l'autre main de Gisèle caresser doucement mes cheveux. Quand je relevai le front, j'étais en larmes, mais parvins pourtant à sourire.

— Écoutez, — dit Sara — nous pourrions dans ce cas former à nous trois une ligue ; une ligue secrète ; la ligue pour l'indépendance des femmes. Il faudrait commencer par se promettre de ne parler de ça à personne. Gisèle, jure tout de suite de ne rien raconter à ta mère.

— Mais qu'est-ce que tu voudrais que je lui dise ? Il n'y a rien à raconter du tout.

— Comment, « rien » ! Tu appelles ça « rien » de nous associer toutes les trois et de nous promettre solennellement de rester fidèles à notre programme ?

— Mais, quel programme ?

— Nous nous occuperons plus tard de le rédiger. Mais il faut d'abord jurer de ne parler de cela à personne.

Jusqu'à présent, je n'avais jamais eu de secrets pour

ma mère, mais je consentis que celui-ci fût le premier.

— Seulement, — dis-je — avant de prêter serment,
je voudrais savoir à quoi l'on s'engage.

A présent je riais et commençais à me sentir parfaitement à mon aise. Sara reprit :

— Notre ligue s'appellera : l'IF ; des initiales de
l'Indépendance féminine. Notre emblème sera un
rameau d'if. Comme nous sommes les fondatrices,
personne ne pourra faire partie de l'IF sans être accepté
par nous trois. Les nouvelles paieront une cotisation.

— Pourquoi faire ? — demanda Gisèle.

— Pour faire face... On ne peut pas savoir d'avance
à quoi. Dans les ligues, il y a toujours une trésorerie.
Par exemple, pour secourir les filles mères.

Gisèle partit d'un grand éclat de rire ; et rien ne me
parut plus chamant que de voir s'ensoleiller soudain
la gravité de son visage.

— J'attendais ça ! — s'écria-t-elle. — Chez Sara,
c'est une idée fixe. Eh bien ! non, ma chère ! Je ne veux
pas m'engager à ne jamais me marier. Je prétends
que, même dans le mariage, une femme peut garder
sa liberté ; et que d'ailleurs elle ne la garde pas forcément dans les unions libres, où les enfants ne sont
pas moins une charge que dans les ménages légalisés.

Cette protestation m'éclaira un peu. Je n'aurais pas
compris, sinon, quelle pouvait être l'idée fixe de Sara ;
mais je n'osais demander des explications, par crainte
de paraître trop ignorante ou trop niaise. J'entendais
pour la première fois l'expression : « Fille mère » ; elle
n'avait aucun sens précis pour moi ; et si elle me choquait un peu, je n'aurais su dire pourquoi. J'avais

longtemps cru, candidement, que, pour avoir des enfants, le mariage était une condition *sine qua non*. Pourtant je n'ignorais point qu'ils sont le fruit naturel d'un rapport étroit des deux sexes. Ma mère avait jugé bon de m'en instruire et de me dire qu'en cela l'homme ne différait point des animaux. Mais, ces rapports intimes, je les associais si bien à l'état conjugal, que je ne pensais pas qu'ils fussent admissibles en dehors du mariage. Et pourtant je savais bien qu'il arrivait à des hommes et à des femmes de vivre ensemble sans être mariés. La simple réflexion eût pu m'avertir ; mais précisément je n'y avais jamais réfléchi. Les quelques connaissances théoriques que je pouvais avoir restaient sans relations directes avec la vie.

La présence de Gisèle et de Sara paralysait ma pensée, je remettais l'examen de la question à plus tard. Ceci seulement m'apparaissait nettement : Sara ne voulait pas se marier, mais ne prétendait pas pour cela rester seule. Je m'abritai derrière la résistance de Gisèle.

— Pour m'engager, j'attendrai que tu te sois décidée, — dis-je.

Malgré moi, je l'avais tutoyée. J'espérais, en réponse, un « tu » de sa part, mais, se tournant vers son amie :

— Vois-tu, Sara : nous pouvons très bien faire une ligue ; mais on s'y engagerait seulement à ne rien faire contre sa conscience et par imitation.

— Ou pour se conformer aux usages, — reprit Sara.

— Ou...i, — dit Gisèle avec un peu d'hésitation.
Puis, se tournant vers moi : — Je crois que nous
pouvons promettre cela. Maintenant nous allons unir
nos mains droites, comme pour le serment du Grütli
et dire : je jure de rester fidèle à l'IF.

Ainsi fut fait dans un grand sérieux.

Puis il y eut un assez long silence, comme après la
Communion. Et, brusquement, Sara à Gisèle :

— A quoi penses-tu ?

— Je pense, — dit celle-ci, — que, en anglais, *if*
veut dire : *si*..., et que notre engagement reste un peu
conditionnel...

— Oh! si tu commences déjà à te défiler...

A ce moment la mère de Sara souleva la portière
qui séparait de l'atelier la pièce où nous étions :

— Mes enfants, je viens vous chercher. On a besoin de jeunes filles pour servir les rafraîchissements.

Je crois avoir rapporté fidèlement nos propos. Ils
me paraissent aujourd'hui bien enfantins. Mais ils
étaient alors pour moi de la plus haute importance, et,
les jours qui suivirent, je ne pus cesser d'y penser.

Lorsqu'il fut temps de prendre congé de nos hôtes,
maman s'approcha de Gisèle, et, à ma surprise :

— J'ai appris que vous habitiez près d'ici, mais c'est
sur notre route. Voulez-vous que nous vous recon-
duisions ? lui dit-elle.

J'avais déjà parlé de Gisèle à maman et elle savait
combien cette proposition me ferait plaisir. Elle-
même souhaitait de causer avec Gisèle, tout comme
elle avait voulu connaître Sara.

— Votre mère vous laisse sortir seule, — dit

maman quand nous fûmes dehors. — Elle a en vous une confiance que vous méritez, j'en suis sûre.

— J'ai si grand désir de la mériter que je n'ose jamais rien faire, — dit Gisèle en souriant. — Je crois que je la mériterais beaucoup moins si j'étais tenue plus sévèrement.

Gisèle s'exprimait d'une façon charmante, avec un parfait naturel et une grâce enjouée qui certainement devaient plaire à ma mère. Je le sentais et j'en étais ravie. Elle reprit :

— Mais vous non plus, Madame, vous n'êtes pas sévère pour Geneviève. Vous ne l'accompagnez pas toujours. Elle vient seule au lycée. (Se pouvait-il qu'elle l'eût remarqué !)

— Je l'accompagne le plus possible... — dit ma mère, non par absence de confiance mais parce que j'aime être avec elle. Elle me manquera beaucoup le jour où elle ne sera plus près de moi.

— C'est ce que je me dis aussi pour maman.

Le ton de Gisèle était redevenu très sérieux. Je compris que Gisèle aimait tendrement sa mère et soudain me reprochai de n'aimer pas assez la mienne. Nous marchâmes quelque temps sans rien dire. Je ne savais pas où habitait ma nouvelle amie et m'attristai en entendant maman dire soudain :

— Je crois que nous voici déjà devant votre porte. Mademoiselle Gisèle, serez-vous assez gentille pour dire à votre mère que j'aimerais bien la connaître ?

Dès que Gisèle nous eut laissées, je pressai maman contre moi.

— Qu'est-ce qui te prend, ma petite Geneviève ?

Mais tu vas me faire tomber! — dit-elle en m'embrassant aussi.

— Je crois que c'est seulement ce soir que je comprends combien tu es gentille.

Elle fit semblant de rire pour cacher son émotion. Puis, comme si de rien n'était :

— Après la fumée de cet atelier, ouf! ça fait du bien de marcher un peu.

Je n'ai pas encore parlé de mon frère. Bien qu'il ne fût que d'un an plus jeune que moi, il ne tenait pas une grande place dans ma vie. Comme il était de santé délicate, on l'avait choyé plus que moi. Je ne crois pas que ce fût là ce qui m'indisposait contre lui ; mais plutôt certaine façon qu'il avait de flatter mon père pour obtenir de lui ce qu'il voulait. Il y réussissait toujours. Jamais mon père n'avait levé la main sur lui ; tandis que je n'oubliais pas qu'il m'avait une fois giflée. Il venait, comme Salomon, de nous conseiller à mon frère et à moi de prendre exemple sur la fourmi ; je n'avais que neuf ans alors et j'avais osé lui répondre : « Mais, papa, tu nous dis souvent de ne pas ressembler aux animaux. »

Oh! je n'en ai pas à la gifle (j'ai souvent usé de châtiments corporels avec mon fils) mais je sentais trop que papa me giflait parce qu'il ne trouvait rien d'autre à répondre, et pour me punir d'avoir remarqué son inconséquence. Quant à Gustave, l'inconséquence ne le gênait guère ; comme mon père et à son exemple, il prenait peu à peu l'habitude de modifier ses propos,

ses goûts, ses pensées, selon l'opportunité du moment.
J'ai dit qu'il flattait mon père ; c'était en ayant l'air
d'admirer tout ce qui sortait de sa bouche ; mais je
crois que ce qu'il admirait surtout c'était cette aisance
avec laquelle mon père changeait d'opinion comme on
change de vêtement.

Cela permettait à Gustave de le citer à tout propos,
et de s'abriter sans cesse derrière un « comme dit
papa », dont il se servait d'autant plus qu'il savait que
cela m'exaspérait. Il cessa vite d'appliquer sa pensée
à rien qui ne lui parût utile et dont il ne pût tirer profit
— j'entends le profit le plus pratique et le plus immé-
diat. Bien que vivant ensemble, nous ne nous parlions
guère ; il ne partageait aucun de mes goûts. Je croyais
de sa part à de l'indifférence. Je ne soupçonnais pas la
sourde hostilité qui grandissait lentement contre moi.
Elle éclata brusquement peu de temps après le moment
où j'en suis venue de mon histoire. Une exposition
particulière des plus récentes œuvres de Keller venait
de s'ouvrir. Les journaux en parlaient et louaient
particulièrement la toile la plus importante : *L'Indolente*, dont *L'Illustration* donnait la reproduction :
étendue sur un divan, une jeune femme nue se regardait dans un miroir à main qui cachait sa face.

J'avais entendu Keller déclarer que le sujet d'un
tableau n'avait pour lui nulle importance ; seule
importait la qualité de la peinture. On s'accordait
à trouver celle-ci « magnifique » et j'en étais heureuse
à cause de Sara. J'ai dit que mon père ne voyait pas
mon amitié pour elle d'un bon œil. Gustave trouva le
moyen de flatter mon père en desservant lâchement

mon amie. Il savait que je la voyais fréquemment,
en dehors des heures de lycée, que je m'attachais
à elle de plus en plus ; enfin j'avais eu l'imprudence de la louer devant lui, et de là son désir de la
rabaisser.

La scène eut lieu sitôt après le déjeuner. Celui-ci
s'était passé dans un silence gros de menaces. Mon
père avait cette habitude de lire le journal pendant le
repas. Il coupait d'ordinaire sa lecture de réflexions sur
la politique, comme pour atténuer ainsi ou excuser ce
que cette lecture avait de désobligeant pour ma mère.
Chaque jour il trouvait le journal à côté de son
assiette ; mais, ce matin, il l'avait laissé sans l'ouvrir.
Les sourcils froncés, le regard dur, on sentait qu'il se
taisait non parce qu'il n'avait rien à dire mais parce
qu'il ne voulait rien dire, qu'il remettait à plus tard.
Un orage chauffait, et c'était moi qu'il menaçait ;
je n'en pouvais douter, car Gustave, qui savait sans
doute à quoi s'en tenir, me regardait d'un air gouailleur.
Nous prenions le café dans le bureau de mon père.
Je dis « nous » parce que le café de papa était une céré-
monie collective ; mais il était seul à en prendre. En
quittant la salle à manger :

— Laisse-nous, — dit-il à Gustave, qui, je l'ai su
ensuite, se tint dans la pièce voisine, l'oreille collée
à la porte, pour ne rien perdre de la scène qu'il avait
sournoisement préparée.

Mon père savait fort bien qu'il n'avait aucune prise
sur moi ; prévoyant ma résistance il en appelait à ma
mère pour en triompher et c'est à elle qu'il s'adressa ;
éclatant soudain et frappant, non du poing ce qui eût

été vulgaire, mais du plat de la main, sur la table devant laquelle il s'était assis :

— Je ne tolérerai pas plus longtemps que Geneviève fréquente la petite Keller.

C'était dit sur un ton qui n'admettait pas de réplique ; mais maman, de sa voix la plus calme :

— Tu ne prétends pourtant pas la retirer du lycée ?

Papa ne se sentait pas de force à lutter contre nous deux à la fois ; je sentais maman de mon côté et cela me donnait un grand courage ; mais lui, comme pour se l'associer :

— Nous la retirerons du lycée s'il le faut. En attendant, je m'oppose formellement (c'était un de ses mots préférés) à ce qu'elle voie cette petite en dehors des heures de classe. — Et de nouveau, frappant du plat de la main, mais d'une façon si malheureuse que sa cuillère à café lui bondit au nez :

— C'est entendu, n'est-ce pas ?

Comme une fée maligne, la petite cuillère lui faisait rater son effet. J'eus du mal à réprimer un fou rire. Papa savait du reste que je ne le prenais plus au sérieux. Mais ceci mit le comble à sa fureur.

— Ah ! ce n'est guère le moment de plaisanter, — dit-il. — Je me précipitai pour ramasser la cuillère, puis, me relevant et sans le regarder pour ne pas avoir l'air de le braver et désireuse plutôt d'atténuer mon insolence :

— Je n'ai pas l'intention de t'obéir.

Il y eut un pénible silence. Je pus voir que maman était très pâle et que les mains de papa tremblaient.

— Geneviève — dit-il enfin — prends garde.

Tu vas nous forcer à recourir à... — Mais ne sachant sans doute à quoi recourir, il se reprit : — Nous forcer à sévir.

Puis, se tournant vers ma mère, qu'il voussoyait dans les grandes occasions afin de faire plus solennel : « Lisez ceci. »

Et papa sortit de la poche intérieure de son veston une feuille de journal, ou plus exactement de revue, qu'il déplia et lui tendit.

— Lisez à haute voix, je vous prie.

— C'est Gustave qui t'a remis ça ? — dit maman sans prendre la feuille. Et elle ajouta plus bas : — Le misérable !

— C'est ça — s'écria papa avec emportement — c'est lui que tu vas accuser maintenant.

Alors maman, toujours très calme en apparence, mais si pâle que je m'attendais à la voir se trouver mal :

— D'ailleurs j'ai déjà lu ce sale article.

— Alors pourquoi ne nous en as-tu pas fait part ?

— Parce que je n'ai pas trouvé qu'il y eût à en tenir compte.

— Mais enfin de quoi s'agit-il ? demandai-je en m'emparant de la feuille qui était tombée à terre.

Voici ce que j'y lus, sous la rubrique: *On raconte que:*

« Mademoiselle Sara Keller, la propre fille du peintre illustre, aurait posé pour ce " nu glorieux " que tout le monde admire au Salon. Toutes nos félicitations au peintre et au modèle. C'est un morceau des plus savoureux, et nous remercions l'artiste de nous initier ainsi à l'intimité de sa famille. Si la morale bourgeoise

s'en effarouche, nous redirons à Alfred Keller, avec
Baudelaire :

Laisse du vieux Platon se froncer l'œil austère,
Pour peindre le secret de cette vierge en fleur.

« L'art n'a jamais fait bon ménage avec la pudeur. »

Je haussai les épaules :
— Et c'est pour cela que tu veux m'empêcher de
voir Sara ?
Papa se tourna de nouveau vers ma mère :
— Est-il admissible, je vous le demande, que
Geneviève continue à fréquenter une fille sans ver-
gogne, qui ne craint pas de s'exposer toute nue aux
regards du public ?
— Si ce sale journaliste s'était tu, personne n'aurait
pu se douter que c'est elle — dis-je ; réflexion impru-
dente qui me mit en mauvaise posture et permit à mon
père de riposter :
— Quand personne n'en aurait rien su, le fait n'en
aurait pas moins été là. Ce n'est pas l'opinion des
autres, c'est la chose elle-même qui m'importe, tu le
sais bien.
Je savais exactement le contraire : mon père se
souciait beaucoup de l'opinion ; il ne se souciait guère
que d'elle ; mais je l'avais laissé prendre barre sur moi.
Il continua :
— Mais, permets... alors, toi, tu le savais ?
— Non, je ne le savais pas. Mais, si je l'avais su, ça
n'aurait rien changé à mes sentiments pour Sara.

Et, si je l'avais su, j'aurais eu soin de ne rien t'en
dire.

— Geneviève! — dit sévèrement ma mère.

Papa feignit l'étonnement :

— Comment, tu ne prends pas son parti ?

— Je n'ai jamais approuvé son insolence.

— C'est pourtant chez toi toujours qu'elle prend
appui contre moi. Mais la question n'est pas là...
Alors, Geneviève, tu es bien décidée à ne pas m'obéir ?

— Parfaitement décidée.

Il sembla hésiter quelque temps, puis, comme il
s'était ressaisi, et d'un ton vraiment supérieur :

— C'est bien. Je sais ce qui me reste à faire.

Il ne le savait pas du tout ; et, somme toute, il ne
fit rien.

En disant à mon père que mes sentiments pour Sara
n'auraient pas changé si j'avais su qu'elle avait posé
nue devant son père, j'avais menti. C'est ce que je
compris aussitôt que je me retrouvai seule. Le cœur
gonflé d'une angoisse que je ne m'expliquais pas
encore, je courus au salon pour y rechercher le numéro
de *L'illustration* qui venait de donner une reproduction du tableau de Keller. Ce tableau, je ne l'avais pas
vu. Je ne le connaissais que par cette photographie. A
présent que je savais que cette femme nue c'était
Sara, je voulais la revoir ; je ne l'avais pas assez regardée. Le numéro de *L'Illustration* était sur la table mais,
lorsque je l'ouvris, je constatai avec stupeur que la
reproduction avait été enlevée, soigneusement décou-

pée... par Gustave, pensai-je aussitôt. Je bondis à sa chambre. Sans doute il venait de s'installer devant sa table, mais il feignit d'être plongé dans le travail.

— Tu pouvais bien frapper avant d'entrer, — dit-il sans lever le nez de dessus un atlas.

Je m'efforçais au calme, mais l'indignation faisait trembler ma voix.

— C'est toi qui as pris la photo de *L'Illustration* ?

— Quelle photo ? — dit-il avec une naïveté jouée, et un demi-sourire des plus provocants.

— Ne fais pas l'innocent. Tu sais très bien ce que je veux dire. Qui est-ce qui t'a permis de découper cette photo ?

Il me regarda d'un air de défi gouailleur.

— Je devais peut-être te demander la permission ?

— Gustave, tu vas me rendre cette photo tout de suite.

— Cette photo ! cette photo !... D'abord elle n'est pas à toi, cette photo.

Je me précipitai sur lui, hors de moi. Avant qu'il ait eu le temps de se garer, j'avais soulevé l'atlas ; l'image était dessous ; je m'en emparai. Mais Gustave qui s'était dressé brusquement me l'arracha des mains et, la déchirant en petits morceaux :

— Voilà ce qu'elle mérite, mademoiselle Sara Keller, ta belle amie...

Nous restâmes un instant, les yeux dans les yeux, prêts à bondir l'un sur l'autre et pantelants. Gustave n'était pas plus fort que moi. Je crois que, dans une lutte, j'aurais eu le dessus. Mais ensuite ?... Du reste il ne me laissa pas le temps de réfléchir ; comme pris

de peur, il courut à la porte et commença de crier :
au secours!

J'entendis la porte du bureau de mon père s'ouvrir.
Je n'eus que le temps de courir à ma chambre, m'y
enfermai et me jetai sur mon lit en sanglotant. J'avais
un violent mal de tête et m'efforçai de ne penser à
rien. Ce qui me faisait le plus souffrir c'était de ne
pouvoir m'insurger sincèrement contre le jugement de
mon père, de me sentir, en dépit de moi, scandalisée
à l'idée que Sara avait pu s'exposer ainsi, se laisser
voir sans vêtements, et devant son père. Le titre
même que le peintre donnait au tableau, *L'Indolente*,
ne désignait-il pas déjà, évoquant la baigneuse des
Orientales, cette Sara

« belle d'indolence »

à laquelle j'ai dit que mon amie me faisait penser?

J'étais à présent dans le noir; j'avais fermé mes
rideaux, fermé les yeux; mais des images du beau
corps ambré tourbillonnaient autour de moi.

J'entendis frapper discrètement à ma porte, puis la
voix douce de maman :

— Ma petite Geneviève, mon enfant... Ouvre-moi.

Elle me prit dans ses bras, posa sa main sur mon
front, me calma comme un enfant. Elle était venue,
dit-elle, craignant que je ne fusse souffrante. Elle ne
me dit pas un mot de la scène de tout à l'heure, mais
eut soin de m'apprendre que mon père était sorti avec
Gustave. Ceci se passait un jeudi; il n'y avait pas
de lycée.

— Il fait très beau; nous devrions sortir aussi.
Sais-tu... si nous allions voir l'exposition de Keller?

Nous pourrions y aller à pied ; cela te ferait du bien de marcher.

Je l'embrassai de tout mon cœur, lavai mes yeux rougis, m'apprêtai, puis chuchotai à son oreille :

— Sara disait qu'il n'y a pas meilleure que madame Parmentier ; mais c'est parce qu'elle ne te connaît pas.

Quand nous fûmes près d'entrer chez le marchand de tableaux où les toiles de Keller se trouvaient exposées :

— Tout de même, — dit maman, en s'arrêtant brusquement, — j'aimerais être sûre que nous n'allons pas rencontrer là les Keller... ni ton père.

Elle avait de ces petites craintes subites ; il semblait alors qu'une partie de son être cessât de donner assentiment à sa témérité naturelle ; mais celle-ci reprenait vite le dessus. Comme prenant une résolution et avec une sorte de gaminerie enjouée :

— Et puis tant pis!... Nous verrons bien. Lançons-nous.

Il n'y avait heureusement personne de connaissance dans la galerie. Et heureusement aussi, un certain nombre de paysages, de natures mortes et de portraits dispersait l'attention des visiteurs et permettait de ne point rester en arrêt devant le « nu magnifique ». Exposé en place d'honneur, il attirait d'abord le regard. Maman le contempla sans témoigner d'aucune gêne, et cela me rassurait. Je l'entendis murmurer :

— C'est bien beau.

J'étais habituée aux nudités des musées et admirais sans arrière-pensées l'*Odalisque*, *La Source*, *L'Olympia*, ou *Le Déjeuner sur l'herbe*. Mais je ne pouvais cesser de penser que cette jeune femme que je voyais là toute dévêtue, c'était Sara, ma Sara, et, pour cela sans doute, cette toile me paraissait d'une indécence extrême.

J'aurais voulu être seule dans la salle ; les regards des autres visiteurs me gênaient ; il me semblait, dès que je contemplais la grande toile, qu'ils m'observaient. Pourtant j'étais attirée malgré ma souffrance et ma gêne par l'extraordinaire beauté de cette « indolente » qui m'emplissait d'un trouble étrange et tel que jusqu'alors je n'en avais jamais ressenti.

Quelqu'un s'était approché sans bruit derrière moi, et tout à coup je sentis se poser sur mes yeux deux mains fraîches. Je me retournai. C'était Gisèle.

— Comme c'est gai de se retrouver ici ! — s'écriat-elle. Elle aperçut ma mère.

— J'ai fait votre commission à maman qui m'a dit qu'elle aussi serait heureuse de vous connaître. Justement elle m'accompagne. Seulement je ne sais pas du tout présenter. — Puis, prenant sa mère par le bras et l'amenant près de nous, avec gaucherie :

— Maman... Madame X..., la mère de ma nouvelle amie ; c'est vrai, tu ne connais pas encore Geneviève... Eh bien, c'est elle.

La mère de Gisèle était charmante et je sentis aussitôt qu'elle plaisait à ma mère. Elle parlait fort bien le français, mais avec un accent très prononcé, qui du reste n'était pas sans charme et semblait ajouter à sa distinction naturelle. Nous étions devant le grand tableau.

— Il faut reconnaître que monsieur Keller a bien

du talent — dit maman après échange de quelques banales politesses.

— Et lui du moins ne craint pas de choisir de beaux modèles. Les peintres, de nos jours, semblent si souvent avoir peur de la beauté.

Je me demandais avec beaucoup d'inquiétude si madame Parmentier était au courant du scandale. Mais le ton de sa voix me rassura. Il ne permettait de soupçonner dans ses propos ni ironie ni sous-entendus. Quant à reconnaître Sara, non, cela n'était pas possible. Maman me paraissait aussi rassurée, car elle avait certainement partagé mon inquiétude.

— Et peur aussi de faire un tableau qui représente vraiment quelque chose, — dit-elle. — Il semble que les peintres d'aujourd'hui cherchent surtout à nous égarer.

Je n'écoutais plus nos parents ; tandis qu'ils continuaient une conversation si heureusement commencée, j'entraînai Gisèle un peu à l'écart.

Que savait-elle ? D'une voix tremblante, et si troublée que je la voussoyai de nouveau, je demandai confusément :

— Vous saviez que Sara... — Mais elle ne me laissa pas achever :

— J'ai même été la voir poser, — dit-elle, comme si c'eût été la chose du monde la plus naturelle.

Cette petite phrase entra comme un coup de couteau dans mon cœur. Il y avait donc entre mes deux meilleures, mes deux seules amies, une intimité que je ne soupçonnais pas. Pourquoi Sara me tenait-elle à l'écart ? Oh! sans doute j'aurais été gênée de la voir nue. Mais elle n'avait pas à tenir compte d'une pudeur que j'étais prête à renier moi-même. Et, gênée, je l'étais bien davantage encore à l'idée qu'elle s'était montrée nue à Gisèle. Mais ce n'était plus ici de la pudeur ; non, c'était de la jalousie.

— Pas un mot à maman. Elle ne se doute de rien, — ajouta Gisèle. Et comme je lui disais qu'un méchant article avait mis ma mère au courant :

— J'espère au moins qu'elle ne va pas en parler!

Je la rassurai vite.

Au sortir de l'exposition, madame Parmentier eut la bonne idée de nous inviter à prendre le thé dans une pâtisserie voisine. Ma mère et elle semblaient fort bien s'entendre et n'arrêtaient pas de parler ; mais Gisèle et moi demeurions silencieuses. Au moment de nous quitter je voulus rendre à madame Parmentier le catalogue de l'exposition qu'elle m'avait prêté ; mais elle refusa de le reprendre :

— Non, Geneviève, conservez-le en souvenir de cette agréable journée.

J'étais heureuse de le garder, à cause de la très bonne reproduction du tableau qui s'y trouvait, et, sitôt de retour à la maison, je m'enfermai dans ma chambre pour la contempler à loisir. Mon imagination faisait effort pour revêtir ce beau corps souple de la robe que Sara portait d'ordinaire en classe ; cette robe de tous les jours dans laquelle je la revis le lendemain et dont il me fut beaucoup plus facile de l'imaginer dépouillée. Oui, mon regard, malgré moi, la dévêtait et je l'imaginais en « Indolente ». Une angoisse inconnue me décomposait, que je ne savais pas être

désir parce que je ne pensait pas que l'on pût éprouver
du désir sinon pour un être de l'autre sexe ; et, par instants, sur le pupitre devant nous où je voyais la main
de Sara posée, ma main s'approchait de la sienne, invo-
lontairement car j'avais perdu tout empire sur moi,
puis se retirait brusquement si Sara remarquait mon
avance ; et toute cette matinée du vendredi, je restai
sans lui dire un seul mot, sans rien dire non plus à
Gisèle que je vis, au sortir du lycée, s'éloigner en
compagnie de Sara, avec un déchirement de cœur et
en proie à une abominable tristesse : maman ne m'avait-
elle pas dit, la veille au soir, que je devais cesser de
fréquenter Sara en dehors de nos heures de classe ?

Oui, ce jeudi soir, peu de temps après notre retour
de l'exposition, maman était venue me retrouver
dans ma chambre.

— Ma petite Geneviève, mon enfant chérie, —
commençait-elle de sa voix la plus tendre, qui me
faisait fondre le cœur et me laissait sans résistance —
j'ai beaucoup réfléchi à ce que je vais te dire ; il m'en
coûte beaucoup de devoir te peiner...

Elle hésita quelques instants, mais déjà je savais ce
qui allait suivre et je commençai de murmurer : « Je
ne peux pas. Je ne peux pas. » Elle reprit :

— Je ne voudrais pas que tu te méprennes. C'est
pour ton bien que je dois te demander cela. Ton
amitié pour Sara m'inquiète. Je crains qu'elle ne te
réserve pour plus tard beaucoup de souffrances et
qu'elle ne t'entraîne plus loin que tu ne voudrais
aller.

Elle s'était assise et m'avait prise sur ses genoux,

comme autrefois. La tête sur son épaule, à présent, je sanglotais :

— Oh! maman, tu ne comprends pas. Tu ne peux pas comprendre.

Mais elle ne se méprenait assurément pas sur la violence de ma passion ; et c'est là même ce qui l'inquiétait :

— Ma petite Geneviève, je crois que je ne te comprends que trop bien, et peut-être mieux que tu ne te comprends toi-même. C'est bien pour cela qu'il me faut t'avertir. Je crains que tu ne t'engages sur un chemin dangereux, que plus tard il te serait beaucoup plus difficile que maintenant d'abandonner.

Certainement elle n'osait s'exprimer complètement et je devais comprendre sa pensée entre ses paroles. Alors, ne trouvant pas d'autre argument, je lui sortis une phrase absurde et que tout aussitôt je regrettai :

— Mais maman, si je cesse de la voir, j'aurai l'air d'obéir à papa.

— Oh! Geneviève, — dit-elle — cette vilaine pensée n'est pas digne de toi. Je suis sûre que déjà tu en as honte.

— Et puis... Et puis, — repris-je en sanglotant — comment veux-tu que je fasse ? Tu sais que je la vois chaque jour au lycée, elle est assise auprès de moi... Qu'est-ce que tu veux que je lui dise ?...

— Je puis demander à la directrice de te faire changer de place.

— Oh! non, maman, je t'en supplie, ne fais pas cela ; que je puisse au moins la voir.

— Mais c'est cela qui te fait du mal, ma pauvre

petite. Ah! je voudrais tellement t'aider, contre toi-même...

Ce que fut cette matinée du lendemain, je l'ai dit. Je ne pus prêter au cours aucune attention. Lorsque je rentrai pour déjeuner, j'étais dans un tel état d'agitation que je vis bien que maman s'en alarmait. Quant à mon père il avait trouvé le moyen de me punir : c'était de ne plus avoir l'air de s'apercevoir de ma présence; mais que pouvais-je souhaiter de mieux? Après le repas maman vint me retrouver dans ma chambre où je m'étais retirée.

— Es-tu malade, ma pauvre Geneviève? Tu es toute tremblante et tu n'as rien pu manger...

Malade, mon cœur l'était certainement. Pourtant je rassurai ma mère mais la suppliai de ne plus me faire retourner au lycée Continuer à voir Sara et lui battre froid, alors que tout mon être s'élançait vers elle, c'était vraiment au-dessus de mes forces. Le péril devait paraître bien grand à ma mère, car elle accepta de me garder près d'elle. Mon père eut un triomphe facile. Il avait toujours désapprouvé le lycée. A l'entendre, les femmes n'avaient pas tant besoin d'instruction que de bonnes manières; et il ajouta que, du reste, c'était ce que pensaient, avec Molière, tous les gens sensés. Ce n'était point là mon avis, ni celui de ma mère, fort heureusement. J'avais grand appétit de savoir. Tout ce qu'on m'enseignait au lycée m'intéressait beaucoup; et ne serait-ce pas mon instruction, pensais-je déjà confusément, qui, plus tard, permettrait mon indépendance? Le baccalauréat n'était que pour l'an prochain; je comptais bien m'y présenter et

ne pas m'arrêter là. Il fut convenu que je quitterais le
lycée pour des raisons de santé. Devrais-je cesser de
voir Gisèle ? Madame Parmentier avait beaucoup plu à
ma mère ; Gisèle aussi du reste. Ma mère estima
qu'on leur devait une explication de mon absence. Le
gênant, c'est que Gisèle était l'amie de Sara. Je vécus
quelques jours dans un grand désarroi. J'acceptais de
me soumettre aux décisions de ma mère. Je la sentais
en opposition constante avec mon père et ma résistance
à l'autorité paternelle se fortifiait de ma soumission
filiale envers elle. Mais l'amitié n'avait-elle pas aussi
ses devoirs, même sans le serment solennel prononcé
lors de la constitution de l'IF ? Et qu'allaient penser
de moi Gisèle et Sara ? Quelle estime garderais-je de
moi-même, si je les laissais croire que je les rayais
soudain de mon cœur ? Je suppliai maman de me laisser
parler à Gisèle. Elle-même irait voir madame Parmentier qui me ménagerait un entretien secret avec sa
fille. Ce que maman put dire à madame Parmentier, je
ne sais ; mais, quand elle revint de sa visite, un air
joyeux et malicieux mettait une fossette à chacune de
ses joues.

— Sais-tu ce que m'a proposé madame Parmentier ?
— me dit-elle aussitôt. — De te donner chaque jour
une leçon d'anglais. Tu irais chez elle aux heures de
lycée ; car elle pense comme moi qu'il vaut mieux que
Gisèle et toi, à cause de Sara, ne vous rencontriez pas
trop souvent.

— Alors, tu lui as parlé de Sara ? Tu lui as
dit ?...

— Ma petite Geneviève, je n'ai rien eu à lui ap-

prendre. Gisèle avait tout raconté à sa mère, le lendemain de notre visite à l'exposition.

— Elle m'avait pourtant bien recommandé de ne
rien lui en dire.

— Eh bien, tu vois que la confiance en sa mère a été
la plus forte, — dit maman. Puis, elle ajouta un peu
naïvement : — Il est vrai que madame Parmentier
venait de prendre connaissance du vilain article.

— Mais madame Parmentier, elle, n'a pas défendu
à Gisèle de voir Sara.

— En effet. Cela montre que nous n'avons pas
tout à fait les mêmes idées sur ce point. Et puis elle
sait que Gisèle est plus raisonnable que toi.

— Ou qu'elle aime Sara moins que moi.

— Moins passionnément que toi ; oui, sans doute.

Si je me suis attardée à cette première passion de ma
jeunesse, c'est en raison du confus éveil de mes sens.
Sitôt après ce que j'en ai dit, je tombai malade. La
scarlatine où, comme dirait Freud, se réfugiait le
désarroi de tout mon être, secourut à la fois ma mère
et moi-même. Ma mère me dit plus tard que, durant
mon délire des premiers jours (car j'avais une très
forte fièvre), l'image de Sara me hantait. Mais, quand
je commençai de me remettre, mes idées avaient pris
un autre cours.

DEUXIÈME PARTIE

Madame Parmentier était beaucoup plus instruite que ma mère, qui n'avait commencé à lire avec méthode et soin qu'assez tard. Les leçons qu'elle me donna différaient beaucoup de celles du lycée et étaient surtout occupées par la conversation et la lecture. Dans la grande bibliothèque où elle me recevait, les auteurs anglais voisinaient avec les français et les italiens, car elle parlait également bien ces trois langues. Maman m'accompagna d'abord; mais dès la troisième leçon nous laissa, madame Parmentier lui ayant avoué que, seule avec moi, elle se sentirait mieux à l'aise. Le plus souvent elle me faisait lire et s'occupait alors à corriger mon mauvais accent. Je préférais l'entendre lire, encore que souvent je ne la comprisse pas très bien; mais elle reprenait alors avec une patience infinie. Le son de sa voix me ravissait presque à l'égal de celle de Sara. Les poètes avaient sa préférence et elle les prétendait particulièrement susceptibles de m'apprendre à scander convenablement mes phrases. Mais je ne lui cachai pas longtemps mon peu de goût pour le rêve et la poésie. Alors nous commençâmes à discuter.

— Les fleurs, il est vrai, ne nourrissent point
l'homme, — disait-elle — mais elles font la joie de la
vie. Quand vous aurez fait un jardin potager des plus
beaux et des plus odorants parterres, vous m'aurez sans
doute donné à manger, mais enlevé du même coup le
goût de vivre.

Et, comme je rispostais que, non plus que de fleurs
mon corps, mon esprit ne se pouvait nourrir de compa-
raisons :

— Oh! si maintenant vous n'aimez même plus les
images! — reprenait-elle en souriant plaintivement.

Ainsi se plaisait-elle dans un monde imaginaire qui,
soutenait-elle, existait dès l'instant qu'elle commençait
d'y croire. De même croyait-elle à la vie éternelle et les
compensations qu'elle en espérait l'aidaient-elles à
prendre son parti des misères et des imperfections de
cette terre

A cette époque déjà, je m'attachais moins volontiers
aux fictions qu'aux réalités et les romans ne m'intéressaient point tant par la beauté de leurs peintures que
par les renseignements qu'ils peuvent nous donner
sur la vie. C'est ce qui explique qu'en écrivant ce récit,
je ne tienne guère compte que de ce qui pourra peut-
être, et si peu que ce soit, éclairer ou instruire. Je
n'aime pas assez les divertissements pour chercher
moi-même à divertir. C'est plutôt *avertir*, que je
voudrais. Je crois, monsieur Gide, que vous aussi vous
serviez, comme je fais ici, de ce mot. Permettez que je
vous l'emprunte. Oui, je me tiendrai pour satisfaite si
quelque jeune femme qui me lira trouve dans ce que

j'écris ici un *avertissement* et si ce livre la met en garde
contre certaines illusions dont j'eus à souffrir et qui
risquèrent de gâcher ma vie.

« Étranger aux raffinements de l'esprit, et insou-
cieux de toute métaphysique. » Je lisais hier ces mots
dans la belle étude de Marthe de Fels sur Vauban. Ils
me peignent excellemment. Je lis encore avec ravis-
sement, dans cette même étude, une autre phrase, où
je me trouve : « N'était-ce pas la condition même du
réalisme de son esprit concret, où les fumées du songe
n'avaient point droit d'asyle dès lors qu'il s'agissait
d'œuvrer... » Car je n'admettais pas, si jeune encore
que je fusse en ce temps, que je ne pusse et dusse être
utile. La poésie, la littérature même, me paraissaient
les fleurs d'une vie désœuvrée; et j'avais l'oisiveté en
horreur.

Me voici amenée à préciser déjà certains traits de
mon caractère qui ne s'accentuèrent et dont je ne pris
conscience que par la suite. Mon opposition avec
madame Parmentier, malgré la grande affection que je
pouvais avoir pour elle, m'aida beaucoup. Nous nous
développons dans la sympathie, mais c'est en nous
opposant que nous apprenons à nous connaître. Cette
opposition n'avait du reste rien de commun avec celle
qui m'animait contre mon père et qui s'aggravait alors
de mépris. Je n'avais pour madame Parmentier que de
l'estime. En dépit de cette opposition, je m'entendais
avec elle à merveille, et elle ne laissait pas d'être sensible au zèle que j'apportais au travail. Cependant
j'avais également besoin d'autres leçons que les siennes,
et maman recourut à un professeur pour l'histoire et la

géographie. Le docteur Marchant, si surmené qu'il
fût, consentit à me donner une heure tous les deux
jours, pour les sciences. Ces leçons avaient lieu chez
lui, le soir, et se prolongeaient souvent en causeries
où je trouvais plus grand profit encore que dans les
leçons elles-mêmes.

Le docteur Marchant possédait tout ce qui manquait à mon père : et d'abord une valeur réelle, des
connaissances solides et le parfait mépris des feintes
et du faux-semblant. Son aspect bourru cachait une
nature très tendre. L'admiration que j'avais pour lui
n'empêchait pas que je ne m'opposasse également à
lui, mais pour d'autres raisons encore. Comme les
entretiens que j'avais avec lui ne prirent point fin avec
mes examens mais reprirent par-delà de plus belle, il
est possible que ce que je vais en dire se reporte plutôt
à 1914, ou même un peu plus tard, et que ne devinssent
sensibles qu'à mon esprit un peu mûri certains traits
de son caractère avec lesquels je ne pouvais m'accorder.
Son dévouement, son désintéressement absolus, cette
sorte d'ardente charité qui le penchait vers les souffrances, tout cela reposait sur un nihilisme désespéré.
Quant à moi, chez qui les sentiments religieux
n'avaient jamais été bien vifs (et ceux qu'affectait mon
père suffisaient à m'en dégoûter), je cessai très vite de
croire à quoi que ce fût d'irréel. Mais, tandis que le
docteur Marchant acceptait la profonde misère des
hommes, « que nous pouvons tout au plus adoucir un
peu », disait-il, je ne pouvais admettre que là se bornât
notre espoir. Il me traitait de chimérique lorsque je
parlais d'une amélioration possible de l'état social, et

cela me faisait enrager ; j'en parlais alors comme une enfant et ce que j'en disais, évidemment, prêtait à sourire. Je le sentais ; mais j'en tenais pour ma « chimère ». Je tenais ferme. Cet espoir qui m'habite a dirigé ma vie. Il était, en ce temps, bien vague encore et j'aurais peut-être mieux fait d'attendre pour en parler ; je l'ai fait par impatience.

Je relis ce que je viens d'en dire et qui me satisfait bien peu. Dès que l'on ne fait plus partie d'une Église, combien hasardeuse, incertaine et osée paraît toute profession de foi ! Je viens de lire dans une revue américaine les réponses à une enquête : *What do you believe?* Cette question était adressée aux plus illustres écrivains, savants, hommes d'États, financiers, industriels, etc., de tous les pays. Seuls ont paru répondre avec assurance ceux qui se rattachent à l'orthodoxie catholique. Mais la vraie réponse des autres, c'est leur œuvre entière, c'est leur vie. On peut rester tâtonnant lorsqu'il s'agit de parler et résolu dès qu'il s'agit d'agir. Je n'ai que faire des théories, et crois savoir très bien ce que je veux, encore que je sache très mal le dire. Du reste, s'il m'était possible de l'exprimer en quelques phrases, je n'aurais pas entrepris ce long récit.

Madame Marchant avait été l'amie d'enfance de ma mère. Modeste jusqu'à l'effacement, presque insignifiante, du moins la voyais-je telle à cette époque de ma vie, car j'avais en ce temps peu de goût pour découvrir ce qui se cache sous l'apparence des êtres et méprisais la modestie ; si mon père représentait pour moi le type d'homme que je ne voulais pour rien au monde épouser,

madame Marchant représentait le type de femme que
je ne voulais point être. Rien ne justifiait à mes yeux
l'amour que lui témoignait le docteur; elle me paraissait négligeable. Elle vivait dans l'ombre et la dévotion
de son mari. Le ménage était assurément des plus unis,
en dépit des cyniques propos du docteur qui tenait le
mariage pour « une institution ridicule ». Il ne craignait
pas de prononcer ces mots devant moi, si jeune que je
fusse alors, et malgré les regards courroucés de mon
père qui professait le plus grand respect pour « cette
institution sacrée ».

Instruite de bonne heure par ma mère qui ne pensait
pas que l'ignorance pût être jamais de quelque profit
que ce soit, je savais que les enfants ne sont pas les
fruits spontanés du sacrement du mariage; j'avais
compris aussi que les rapports charnels qui permettent
la procréation se passent souvent de l'approbation de
l'Église et de la loi. Mais, dès l'instant que les gens
étaient mariés, pourquoi certains couples demeuraient-
ils stériles ? C'est ce qui me préoccupait beaucoup, et
particulièrement lorsque je pensais au ménage de nos
amis Marchant.

— C'est une question affreusement indiscrète, —
me dit ma mère, lorsque je la lui posai. — Tu sais bien
que je ne refuse presque jamais de te répondre... Mais
d'abord il y a beaucoup de ménages qui préfèrent ne
pas avoir d'enfants.

— Pourquoi ?

— Mais, mon petit, pour une quantité de raisons
morales ou matérielles plus ou moins valables.

— Comment font-ils pour ne pas en avoir ?

— Cela, tu n'as vraiment pas à le savoir maintenant, — dit maman en rougissant un peu, non tant sans doute de ma question que de son refus d'y répondre.

J'avais pourtant posé cette question le plus ingénument du monde et sans du tout en soupçonner l'indécence. N'ayant encore, du désir sexuel et de la volupté, que l'idée la plus confuse, la question des rapports conjugaux m'inquiétait beaucoup moins que celle de la progéniture.

— Tu crois que les Marchant préfèrent ne pas avoir d'enfants ? — demandai-je.

— Non ; je ne le crois pas, — dit maman ; et bien vite elle ajouta : — Mais on n'obtient pas toujours ce que l'on souhaite.

— Alors tu crois qu'ils voudraient bien avoir des enfants, mais qu'ils ne peuvent pas ?

— Mon petit, tu vois comme c'est dangereux de commencer à te répondre, — dit maman, la main sur la poignée de la porte et battant en retraite. — Tu veux toujours en savoir davantage.

Le fait est que ces quelques phrases de maman me laissaient bien insatisfaite. Et, comme la question restait pendante en mon esprit, je résolus, avec l'intrépidité cynique et ingénue de mon jeune âge, de m'en ouvrir directement au docteur ; mais il fallait pour cela me trouver seule avec lui, et madame Marchant assistait presque toujours aux leçons. Cette conversation se trouva donc remise à par-delà les vacances.

Celles-ci, que je passai en Bretagne, auprès de mes cousins X..., furent presque toutes occupées par la lecture.

Les questions d'ordre sexuel sur lesquelles certains peuvent s'étonner ou se scandaliser de me voir m'attarder dans ce récit, étaient bien aussi celles qui m'intéressaient particulièrement dans les livres que je lisais. A ma curiosité ne se mêlait du reste aucune sensualité. Il avait fallu tout le prestige de la voix de Sara pour me faire prendre goût à la poésie de Baudelaire. Une sorte de crainte instinctive m'écartait des images licencieuses, de tout ce qui respire le désir ou le plaisir. Je n'étais pas sentimentale non plus... Non, ce qui occupait mon esprit, c'est tout ce qui touchait à ce qu'on appelle pompeusement : les prérogatives de la femme. J'ai dit que je ne m'intéressais guère aux romans. Les peines de cœur ne me paraissaient pas valoir la peine qu'on prend à les peindre. Mais, pour qu'un livre trouvât grâce à mes yeux, il suffisait parfois d'une simple phrase, comme cette déclaration que je trouvai dans l'absurde *Jane Eyre* et copiai tout aussitôt dans un cahier que je réservais à cet usage et sur lequel en guise de titre, j'avais inscrit les deux lettres : I.F., en souvenir de la *Ligue pour l'indépendance féminine* et de mes deux premières amies.

« Il est vain de dire que les créatures humaines doivent trouver leur contentement dans le repos; ce qu'il leur faut, c'est l'action, et elles la créeront si la vie ne la leur fournit pas. Il y a des millions de gens condamnés à une vie plus tranquille que la mienne, et des millions sont en état de silencieuse révolte contre leur sort. Personne ne sait combien de rébellions (indépendamment des rébellions politiques) fermentent dans la masse vivante qui peuple la terre. Les femmes,

on les suppose calmes généralement; mais les femmes
sentent, tout comme les hommes; elles ont besoin
d'exercer leurs facultés et, comme à leurs frères, il
leur faut un champ d'action pour leurs efforts. Autant
que les hommes, elles souffrent d'une contrainte trop
stricte, d'une stagnation trop absolue. C'est par étroi-
tesse d'esprit que leurs compagnons plus favorisés
prétendent qu'elles doivent borner leurs soins à la
cuisine et à la couture, aux arts d'agrément et à la
broderie. Il n'y a aucune raison de les condamner ou
de se moquer d'elles lorsqu'elles aspirent à plus d'action ou à plus de savoir que l'usage n'a décrété qu'il
convenait à leur sexe[1]. » (*Jane Eyre*, chap. XII.)

De tous les livres que je lus alors, aucun n'occupa
plus longtemps ma pensée que *Clarissa Harlowe*.
Malgré mon peu de goût pour les fictions, c'est sans
en sauter une ligne que je lus les cinq volumes de ce
roman jadis célèbre et qui ne trouve aujourd'hui, je
crois, plus beaucoup de lecteurs. Sans doute eut-il sur
moi une influence considérable (pas tout à fait, je
pense, celle que pouvait souhaiter Richardson); c'est

---

[1]. *It is vain to say human beings ought to be satisfied with tran-
quillity : they must have action; and they will make it if they cannot
find it. Millions are condemned to a stiller doom than mine, and millions are in silent revolt against their lot. Nobody knows how many
rebellions besides political rebellions ferment in the masses of life which
people earth. Women are supposed to be very calm generally : but
women feel just as men feel; they need exercise for their faculties, and
a field for their efforts as much as their brothers do; they suffer from
too rigid a restraint, too absolute a stagnation, precisely as men would
suffer; and it is narrow-minded in their more privileged fellow-crea-
tures to say that they ought to confine themselves to making puddings
and knitting stockings, to playing on the piano and embroidering bags.
It is thoughtless to condemn them, or laugh at them, if they seek to do
more or learn more than custom has pronounced necessary for their sex.*

pourquoi je dois en parler. J'y remarquai d'abord que tous les malheurs de Clarissa viennent de sa dévotion, de sa soumission à ses parents, de son respect pour son odieux père. Il fallait bien tout l'art de Richardson, pensai-je, pour que cette humilité excessive ne suffît pas à la rendre ridicule à nos yeux. En la douant de toutes les vertus, en la faisant infiniment supérieure à son père, le romancier rendait d'autant plus révoltante la soumission de cet ange à l'autorité monstrueuse de cet être borné.

Mais bien plus encore m'indignait l'insigne importance accordée, dans ce livre, à la chasteté. Encore que Clarissa ne se montrât jamais de vertu plus triomphante qu'après qu'elle eut été lâchement déflorée, cette assimilation de l'honneur à la pureté me paraissait proprement inadmissible. En ce temps je ne pouvais savoir combien souvent, dans l'abandon charnel, l'âme même se démantèle. Il entrait du reste beaucoup de résolution et de parti pris dans mes indignations d'alors, et mes réactions les plus sincères devaient bientôt m'apprendre combien je demeurais différente de ce que j'avais la prétention d'être. Quoi qu'il en fût, je protestais qu'une femme peut être vertueuse autrement que par sa réserve et que le plus ou moins d'honnêteté réside ailleurs que sur le plan des rapports charnels. Tout ceci se ressentait beaucoup encore des conversations avec mes deux amies, où nous poussions jusqu'au défi notre mépris du convenu et de l'opinion du grand nombre. Nos propos étaient d'autant plus hardis qu'ils n'entraînaient point la participation de nos sens. Toutes trois nous admettions que l'accouplement pût se passer d'autorisation légale ; toutes trois nous nous déclarions volontiers résolues à la maternité en dehors du mariage ; mais si, moi du moins, je parlais aussi aisément et légèrement de l'amour, c'est que je ne songeais qu'à ses suites ; c'est que j'ignorais la volupté et n'avais même aucune appréhension du plaisir, de sorte que je pensais pouvoir disposer toujours librement de moi-même. Certainement, mon trouble auprès de Sara eût pu m'avertir ; mais s'il étourdissait tout mon être, c'était de façon trop vague pour que j'y pusse alors reconnaître précisément du désir. Si quelque initiation précoce ne vient pas le localiser, le désir peut rester épars et ne se manifester d'abord que par un insolite désarroi. Après tout, ce que j'en dis n'était peut-être vrai que pour moi. Sara, je crois, était beaucoup moins innocente et sans doute à l'attrait de sa beauté s'ajoutait-il celui d'une lascivité secrète ; et c'était là, je crois, ce qui me troublait.

Je connaissais le docteur Marchant depuis ma plus tendre enfance et suis restée longtemps sans comprendre pourquoi ma mère ne l'avait pas épousé de préférence à mon père. Mais une conversation avec maman, et plus tard son journal m'apprirent que le docteur Marchant lui fut présenté par mon père, et que tout d'abord le docteur lui avait beaucoup déplu. Évidemment, il peut paraître très froid à première vue ; mais c'est, je crois, qu'il a beaucoup à se défendre contre les entraînements de son cœur. Dès qu'il se laisse aller, son regard se charge de tendresse. Je l'entendais traiter de « matérialiste » par mon père, et de « pessimiste » par ma mère, longtemps avant de savoir ce que ces mots voulaient dire. Quand, plus tard, je commençai de discuter avec lui, c'est contre son pessimisme seulement que je protestais.

— Mais, mon petit (il m'appelait « mon petit », comme faisait ma mère), je ne te blâme pas d'avoir ces idées-là, — me disait-il lorsque je déclarais que mieux vaudrait tâcher d'empêcher la misère que de chercher seulement à la soulager. — C'est de ton âge. On rêve à des réformes de la société, à des répartitions plus équitables. Mais les systèmes les meilleurs ne rendront pas les hommes moins mauvais. — Et il se plaisait à citer le mot de Chamfort : « Quiconque, à quarante ans, n'est pas misanthrope, n'a jamais aimé les hommes », ajoutant qu'il avait décidément passé la quarantaine.

A ce moment, nous étions seuls, par grand hasard, le docteur et moi ; il dit encore :

— A combien de gens ne nous intéressons-nous pas, simplement parce que nous les voyons souffrants et misérables ; lesquels, guéris et fortunés, nous paraîtraient aussitôt répugnants. Allons ! la voici qui pleure...

En ce temps-là, je pleurais encore pour un rien, en dépit de ma volonté, si tendue qu'elle pût être, et cela me fâchait beaucoup contre moi-même. Cette fois encore, je n'avais pu retenir mes larmes ; mais c'était d'indignation que je pleurais et de dépit de ne trouver rien à répondre, ou, du moins, de ne pouvoir exprimer les pensées qui se pressaient en moi et naissaient non point tant dans ma tête, me semblait-il, que dans mon cœur. Je n'étais pas si jeune que je ne pusse me douter déjà que nombre des maux dont souffrent les hommes sont dus non point tant à des causes réelles, qui en elles-mêmes n'auraient rien de bien douloureux, qu'aux jugements que l'on porte sur elles. Je venais de lire *Adam Bede* avec madame Parmentier et songeais en particulier à la détresse d'Hetty Sorrel. Je ne consentais point à la considérer comme coupable pour s'être laissé séduire, puis pour avoir abandonné désespérément son enfant, accablée qu'elle était par la condamnation que d'avance elle sentait peser sur elle. Ce qui me paraissait condamnable, c'était d'abord l'amant qui l'avait abandonnée, puis la société qui faisait peser sur elle seule une réprobation que méritait surtout son séducteur. J'eusse voulu la citer en exemple ; mais je doutais que le docteur Marchant eût lu ce livre, et c'est avec madame Parmentier que je repris et poursuivis la discussion.

— Vous auriez condamné Hetty Sorrel ?

— Je ne me sens le droit de condamner personne.

— Ce n'est pas une réponse. On propose un cas particulier et vous vous réfugiez dans des généralités.

— Je crois que j'aurais eu pitié d'elle, comme eut pitié d'elle Dinah Morris, tout en la reconnaissant coupable.

— Coupable de quoi ?

— A quoi sert de le demander ? Coupable d'abord de s'être laissé séduire, puis d'avoir abandonné son enfant.

— Ce n'est qu'à contrecœur qu'elle l'abandonne et parce qu'elle ne pouvait faire autrement. C'est le jugement de la société qui la force à commettre ce crime. Elle sait qu'il n'y a plus de place, dans la société,

ni pour elle, ni pour son enfant. C'est cela que je
trouve monstrueux.

— J'ai pitié d'elle parce qu'elle se repent.

— Et elle se repent parce que Dinah Morris lui fait
espérer que le pardon de Dieu suivra sa repentance.
Mais la vraie criminelle, ce n'est pas Hetty, c'est la
société ; et quand on pense que c'est au nom de Dieu
que la société la condamne !...

— Voyons, Geneviève, vous ne pouvez pas l'approuver.

— Je la plains de tout mon cœur ; mais c'est la
société que je désapprouve... Madame Parmentier,
je voudrais savoir... Vous trouvez que c'est très mal
d'avoir un enfant sans être mariée ?

— C'est très mal de mettre au monde un enfant
destiné à être malheureux.

— Pourquoi forcément malheureux ?

— Comment ne serait pas malheureux un enfant
sans père ?

— Oh ! madame Parmentier, ce n'est pas à moi qu'il
faut dire cela ; vous ne me parleriez pas ainsi si vous
connaissiez bien mon père. Et, du reste, faut-il vraiment que le père soit un mari, pour aimer son
enfant ?

Madame Parmentier reprenait sans me répondre :

— Un pauvre enfant qui risque de n'être accueilli
nulle part, de recevoir partout des rebuffades et des
affronts.

— Eh ! c'est cela précisément qui m'indigne. Ne
trouvez-vous pas monstrueux que...

Mais elle continuait sans m'entendre :

— De sentir mépriser sa mère et, ce qui est encore pis : de devoir la mépriser lui-même.

— Oh! madame Parmentier, comment pouvez-vous dire cela ? Alors, selon vous, pour avoir le droit d'avoir des enfants, une femme doit consentir à lier toute son existence à un homme que peut-être elle ne pourra pas continuer d'aimer ?

— Elle n'a qu'à le bien choisir.

— Et si encore c'était elle qui choisissait! Mais vous savez bien que le plus souvent elle ne peut que se laisser choisir.

— Elle reste libre de refuser, si celui qui la demande en mariage ne lui plaît pas.

— Elle peut s'illusionner d'abord, comme je crois qu'a fait ma mère.

— Geneviève, vous ne devez pas juger vos parents. Je ne connais que peu votre père ; mais il m'a paru charmant.

— Lorsqu'elle l'a épousé, il paraissait charmant à ma mère.

— Je considère votre mère comme une épouse irréprochable.

— C'est-à-dire qu'elle s'est toujours sacrifiée. Approuvez-vous quelqu'un de grand mérite, comme ma mère, de se sacrifier toujours à quelqu'un qui ne le vaut pas ?

— Un ménage uni ne va jamais sans de petits sacrifices réciproques, qui grandissent et embellissent celui qui les fait.

— Madame Parmentier... Pourquoi appelle-t-on : tromper son mari, le seul fait de ne pas lui être fidèle ?

Cela peut pourtant bien aller sans tromperie. Et ne le trompe-t-on pas davantage, et soi-même avec, en lui restant fidèle sans plus l'aimer ?

— Certainement pas. Quelles questions vous me posez là ! On peut ne plus s'aimer autant qu'aux premiers jours ; mais aimer un autre homme, c'est là que tromper commence. Quant à moi je n'ai jamais eu de mérite à demeurer fidèle, car je n'ai jamais cessé d'aimer mon mari. Mais, même en aimant un peu moins, le mariage contient une promesse de rester fidèle à la foi jurée.

— Aussi je préfère ne jurer point.

Sans doute ai-je beaucoup simplifié cette conversation, qui fut longue. Elle eut lieu au printemps en 1914. Je me souviens d'un énorme bouquet de lilas, sur la grande table de la bibliothèque où nous nous tenions ; il répandait un parfum si fort que madame Parmentier me demanda d'ouvrir la fenêtre, bien que l'air du dehors fût encore froid. J'aurais peut-être dû dépeindre les lieux, et madame Parmentier, et moi-même ; mais ce n'est pas un roman que j'écris, et les descriptions ne m'importent guère, dans les livres d'autrui non plus.

J'avais passé en novembre la seconde partie de mon baccalauréat ; car je m'étais fait stupidement recaler en juillet. La joie de mon père, en apprenant mon échec, avait été comme un coup de fouet à mon amour-propre et je redoublai de zèle. Gisèle, qui préparait le même examen, avait été reçue aussitôt. Je la revoyais de temps à autre ; mais madame Parmentier ne favorisait pas nos rencontres. La liberté de mes propos

pouvait l'amuser, mais l'effrayait un peu pour sa fille.
Pourtant Gisèle ne se laissait guère influencer, et non
plus par moi que par sa mère, encore qu'elle l'adorât ;
mais elle savait au besoin lui tenir tête, sans élever
jamais la voix, avec obstination et avec une douceur
désarmante, de sorte que c'était toujours madame
Parmentier qui cédait.

Nous avions, Gisèle et moi, beaucoup d'idées
communes, et c'étaient précisément les plus hardies,
ce qui me donnait beaucoup d'assurance, car j'avais
grande confiance en sa sagesse que je reconnaissais
bien supérieure à la mienne et incapable de ces
excès où mon humeur souvent m'entraînait. Gisèle
apportait à tout ce qu'elle entreprenait une pondéra-
tion singulière ; son intelligence dominait de très haut
et modérait les entraînements de son cœur. Je ne la
vis jamais céder rien à la vanité ; et, précisément
parce que sa beauté et son esprit lui eussent assuré
tous les succès dans le monde, elle se refusait d'y aller
et déclarait vouloir pousser plus loin ses études. La
philologie l'attirait, « ne serait-ce qu'en souvenir de
mon père, à qui je crois que je ressemble beaucoup »,
me disait-elle. J'étais également décidée à continuer
de m'instruire, n'admettant pas, non plus que Gisèle,
de demeurer désœuvrée. Et, de plus en plus, nous
prétendions assurer notre indépendance et n'avoir
à compter sur l'aide ni de parents, ni d'un mari ; « ni
d'un amant », ajoutions-nous. Car le déshonneur,
selon nous, n'était pas d'avoir un amant, mais de « se
faire entretenir ».

— Présentement s'ouvrent aux femmes un certain

nombre de carrières dans lesquelles je pourrais
espérer réussir, — disais-je à Gisèle. — Mais ce sont
des professions où le mieux que la femme puisse,
c'est de faire oublier qu'elle n'est pas un homme. Ce
que je voudrais c'est... Enfin je cherche une situation
qui ne puisse être occupée que par une femme. Je suis
convaincue que les femmes sont capables de beaucoup
plus et de bien autres choses qu'on ne le pense généralement et qu'elles ne le savent elles-mêmes. Jusqu'à
présent on ne leur a jamais laissé la possibilité de manifester leur valeur. Je voudrais, vois-tu, inventer une
carrière qui me permît d'aider les femmes en leur apprenant à se connaître, à prendre conscience de leur
valeur.

— Mais comment ? Mais par quel moyen ?

— Je ne sais pas encore. Du moins tu ne ris pas de
moi. Ce que je te dis ne te paraît pas trop absurde ?

— Pas absurde du tout. Mais je crois que le
plus grand nombre des femmes se trouvent parfaitement satisfaites de la dépendance où les maintient
la flatteuse galanterie des hommes. Ce qu'il faudrait
d'abord obtenir, c'est qu'elles-mêmes souhaitassent
changer.

— Tu ne trouves pas que ces hommages mêmes
que les hommes rendent au « beau sexe » ont quelque
chose d'avilissant ?

— Oui, d'avilissant pour les hommes.

— Et qu'une femme peut aspirer à mieux qu'à
éveiller des désirs, à se faire adorer, à s'assujettir un
homme ou des hommes ?

— Sans compter que cela doit être terriblement

encombrant, cette adoration. Si je ne pensais pas comme toi, je ne chercherais pas à m'instruire.

— Écoute, Gisèle : je crois fermement qu'il y a beaucoup de femmes capables ; qu'il y a beaucoup plus de valeur qu'on ne croit parmi les femmes ; et que toute cette valeur reste inemployée, parce qu'on ne la connaît pas, parce qu'elle-même ne se connaît pas, parce que jusqu'à présent on ne l'a jamais appelée à se manifester, à se produire.

— Oui, mais je crois aussi qu'il peut entrer beaucoup de valeur et de vertu dans la soumission.

— C'est précisément contre cette soumission que je proteste. Dans la soumission cette valeur reste sous le boisseau. Les qualités féminines peuvent être différentes de celles des hommes sans être pour cela inférieures. Pourquoi soumettre celles-ci à celles-là ?

— Si les femmes n'étaient point belles et ne se sentaient pas désirées, elles prétendraient à mieux qu'à plaire.

— Combien je t'aime, Gisèle, de ne pas t'en tenir à ta beauté !

— Je ne sais pas si je suis belle ; je ne veux m'inquiéter que des qualités et des défauts de mon esprit. Pourtant j'avoue que je souffrirais beaucoup d'être laide et que j'aurais moins de cœur au travail s'il devait n'être pour moi qu'une compensation.

— Ce n'est pas seulement plus d'instruction que je voudrais pour la femme, mais plus d'initiative, plus de courage, plus de décision.

— Les lois nous en permettent bien peu.

— A propos... Je voudrais faire mon droit. Quelle

belle expression, tu ne trouves pas ? « Faire *son* droit ! »
Si seulement cela voulait dire un peu plus que simplement suivre des cours ! Les droits de la femme, je
voudrais apprendre à parfaitement bien les connaître ;
et pas seulement tels qu'ils sont en France ; pour
pouvoir mieux donner ensuite, à un tas de femmes,
la conscience de leurs pouvoirs.

— Et de leurs devoirs, je suppose.

— Évidemment. Qui peut plus, doit plus ; oui, je
sais. Quelle belle chose pourtant ce serait d'assumer de
nouveaux devoirs ! Et d'éveiller chez d'autres femmes
le désir de les assumer. Je crois qu'il y en a en nous
beaucoup de possibilités et de besoins qui s'ignorent,
qui sommeillent dans l'attente, et que souvent il
suffirait d'un appel pour les éveiller. Je voudrais dire
à chaque femme ce que, depuis quelque temps,
chaque matin je me dis à moi-même : IL NE TIENT
QU'A TOI.

— De faire quoi ?

— Oh ! n'importe. Je pense à ce récit de l'Évangile,
lorsque le Christ dit à la femme paralytique : « Lève-
toi, prends ton lit et marche. » Et la femme aussitôt
se lève et commence à marcher.

— Hélas, Geneviève, tu n'es pas le Christ, pour
faire des miracles ; tu ne feras pas marcher les impo-
tents.

— Je ne peux ni ne veux croire aux miracles. Si la
femme se lève, c'est qu'elle pouvait se lever. Elle
pouvait, mais elle ne savait pas qu'elle pouvait. Il
fallait cette injonction, et il suffisait d'elle, pour lui
donner conscience de son pouvoir. Jusqu'où s'étend

ce pouvoir de la femme, c'est ce que je voudrais d'abord apprendre à bien connaître, pour me garder de l'inviter à rien, d'exiger rien, que je ne sois certaine qu'elle puisse obtenir. Et naturellement c'est sur moi-même d'abord que je veux éprouver la force et la vertu de cette exigence

Gisèle alors m'attira contre elle et m'embrassa sur le front :

— Je ne peux que te redire les paroles du Christ que tu citais : Lève-toi et marche. Il ne tient qu'à toi.

Ce n'est que quelques mois plus tard que je pus avoir avec le docteur Marchant l'importante conversation que, depuis longtemps, je me promettais. Leçons et entretiens réguliers avaient repris par-delà mes examens. Madame Marchant y assistait toujours ; mais elle venait d'être appelée à Bayonne auprès d'une parente âgée, et le docteur attendait le moment de ses courtes vacances pour l'y rejoindre. Ceci se passait donc en juillet.

Je crains que l'on ne trouve bien hardis pour une jeune fille de dix-sept ans les propos que je vais rapporter ; mais je répète que tout ce que je pouvais alors penser et dire restait parfaitement théorique. Ma pensée seule allait de l'avant, et d'autant plus auda-cieusement qu'elle ne s'inquiétait nullement du non-assentiment de mes sens. Le cynisme que j'affectais ne m'était pas naturel ; je m'y forçais et devais, pour parler comme je faisais, prendre beaucoup sur moi. Je me félicitais alors de la victoire que je remportais

sur moi-même en triomphant ainsi de ma réserve, de
ma timidité, de ma pudeur. Tout cela m'apparaît
aujourd'hui comme une sorte de comédie pour
laquelle je fournissais à la fois la mise en scène, le
débat et l'applaudissant spectateur. Donc, certain soir
que je me trouvais seule avec le docteur Marchant,
dans son cabinet de consultations où il me recevait
comme à l'ordinaire et où j'étais venue le retrouver
à huit heures et demie avec la ferme intention de lui
parler, j'attendais le moment propice. Le temps
passait. Je fis comme Julien Sorel : je me donnai
jusqu'à neuf heures cinq, me répétant :

« Si je laisse l'aiguille des minutes dépasser ce point
sans avoir abordé le sujet qui me tient à cœur, je saurai
que je suis lâche et que, à l'avenir, je ne pourrai
compter sur moi. »

Le docteur, il m'en souvient, parlait alors précisément d'hérédité, m'exposait les lois de Mendel, disait
les caractères qui sont ou non transmissibles. J'attendais qu'il reprît souffle, ce qu'il fit à neuf heures
quatre. Alors, bien vite, avant qu'il n'ait eu temps de
repartir, fermant les yeux, serrant les poings, comme
lorsque je plongeais du haut du tremplin avant de
très bien savoir nager, je m'élançai, le cœur battant
au point que je doutais de pouvoir aller au bout de
ma phrase :

— Oncle Marchant (c'est ainsi que je l'appelais),
je voudrais savoir si vous n'avez pas voulu avoir
d'enfants, ou si c'est que vous n'avez pas pu en avoir ?

Il eut un rire, un peu forcé, me sembla-t-il.

— Eh bien! pour une « mutation brusque... » — dit-

il, par allusion à ce qu'il venait de m'enseigner. Et,
comme rien ne suivait :

— Vous préférez, je vois, ne pas me répondre ;
ou bien n'osez-vous pas ?

Il prit soudain un ton très grave :

— Mon petit, je peux bien t'avouer que la tristesse
de n'avoir pas d'enfants a été, pour ta tante et pour moi,
la seule ombre de notre ménage. La seule, — reprit-il
un peu solennellement ; — mais elle est de taille. Les
années passent ; nous voyons tous deux naître et
grandir les enfants des autres et nous ne pouvons,
elle ni moi, nous consoler de n'en point avoir. Tu
vois que je ne crains pas de te parler franchement.
Quant aux causes de cette... — Il hésita un peu, comme
s'il cherchait un mot ; il trouva : « stérilité », qu'il
employa comme à contrecœur et les traits du visage
un peu contractés, — tu me permettras, je suppose, de
ne pas te les dire. Et, du reste, tu n'as que faire de les
savoir.

— Ce qui m'importe, — repris-je — c'est d'apprendre qu'il ne suffit donc pas ici de vouloir, pour
pouvoir.

Le plus difficile restait à dire ; je crus un instant que
le cœur me manquait ; puis, ressaisissant tout mon
courage :

— Oncle Marchant, il faut que je vous dise... Je
voudrais avoir un enfant.

— Tu es encore un peu jeune pour le mariage, —
dit-il en souriant de nouveau. — Mais, bientôt, jolie
comme tu l'es et avec les relations de ton père (ceci
avec un peu d'ironie, comme toujours lorsqu'il parlait

de papa) les maris se proposeront d'eux-mêmes, et tu n'auras que l'embarras du choix.

— Peut-être... Mais je ne veux pas me marier.

— Oh! oh! — fit-il presque sarcastiquement en allumant une cigarette pour paraître plus à son aise, car manifestement le tour que prenait la conversation le gênait — c'est de l'anarchie. — Il tira quelques bouffées, puis : — Après tout, cela ne m'étonne pas de toi.

Comme il n'ajoutait rien, je demandai :

— Vous trouvez cela très mal ?

Il prit un temps.

— A vrai dire : non. Je trouve cela très imprudent, ce qui n'est pas la même chose. Tu n'as sans doute pas encore envisagé les énormes difficultés qui rendent cela presque...

Je ne le laissai pas achever et, du plus calme que je pus :

— Il n'y a pas de difficulté qui tienne, lorsqu'on est résolu comme je le suis.

Alors, sur un ton tout différent et comme pour couper court :

— Écoute, mon petit : tu n'es encore qu'une enfant. Nous reparlerons de cela dans quelques années, si ta résolution n'a pas changé.

Il se leva, estimant, je pense, que la conversation avait assez duré et qu'à présent je devais partir. Mais je restais assise. Alors il commença d'arpenter la pièce, puis, brusquement, s'arrêtant en face de moi :

— Mais peut-on savoir pourquoi tu refuses de te marier ? c'est tout de même tellement plus simple.

C'était plus simple aussi de ne pas répondre. Je ne pouvais donner toutes mes raisons ; il eût fallu ensuite discuter... Je me tus. Il fit de nouveau quelques pas vers le fond de la pièce, puis, revenant vers moi :

— Mais d'abord, pour faire un enfant, il faut s'y mettre à deux, tu le sais.

— Je le sais.

— Tu aimes quelqu'un ?

— Je sais aussi que, pour cela, il n'est pas précisément besoin d'amour.

— Enfin tu as quelqu'un en vue ?

Il était de nouveau en face de moi. Il me regardait. Je levai les yeux vers lui, et, dans un grand effort, murmurai :

— Oui : vous.

Il partit d'un grand éclat de rire, très factice me sembla-t-il, et s'écria :

— Ah ! ça, par exemple ! — Puis s'étant levé et arpentant la pièce à grands pas, répéta par deux fois :

— Ça, par exemple ! — en haussant les épaules. Il ajouta, tourné vers moi : — Et depuis quand t'es-tu mis cette absurdité dans la tête ?

Je demeurais très calme et demandai simplement :

— Absurdité... pourquoi ?

Il répéta, très haut :

— Pourquoi ? Pourquoi ?... — Puis, plus bas mais nettement, sèchement : — Parce que j'aime ma femme. A présent, suffit n'est-ce pas ? — et sortit sans me dire adieu.

Mon cœur battait. J'avais le feu au visage et me sentis soudain un violent mal de tête. Je ne partis

pourtant pas aussitôt, et bien m'en prit car mon oncle
Marchant revint quelques instants après. Il s'approcha
de moi et posa tendrement sa main sur mon épaule.
Quand je le regardai, je vis qu'il s'était passé de l'eau
sur le visage.

— Voyons, mon petit, — dit-il d'une voix presque
tendre, — tu devrais pourtant comprendre que je ne
veux pas faire de peine à ta tante. Non! mais vois-tu
cela? Que j'aie un enfant qui ne serait pas d'elle, après
qu'elle regrette déjà tant de n'avoir pas pu m'en
donner? Mais ça lui crèverait le cœur.

Sa main me caressait l'épaule; mais à présent j'avais
baissé la tête. Je me levai.

— Allons! — dit-il; — quittons-nous bons amis
tout de même. Mais... non; ce soir tu mérites que je
ne t'embrasse pas.

Je serrai la main qu'il me tendait; et, brusquement,
irrésistiblement, posai sur cette main mes lèvres; puis
m'enfuis.

A vrai dire, c'est à partir de cet instant seulement
que je commençai d'aimer le docteur Marchant, ou,
plus exactement : de me figurer que je l'aimais. Je
crois que je l'aurais soudain détesté tout au contraire
s'il avait abondé dans mon sens. En tout cas, mon
embarras eût été extrême et j'aurais dû furieusement
« prendre sur moi »; car mon être physique n'approuvait nullement cette embardée de mon esprit.
Et, de même, mon esprit s'irritait de cette retenue,
prétendait passer outre; et j'enrageais de me sentir
malgré moi si pudique et si réservée. Quelle enfant
je pouvais être encore! naïvement convaincue que

l'on pouvait disposer à son gré de son corps et de son
cœur, je tenais en grand mépris les amoureux invo-
lontaires et prétendais n'aimer personne que je n'eusse
résolu d'aimer. Aussi vainement, aussi absurdement
aurais-je résolu de ne point laisser mes seins se gonfler.
La vie avait encore tout à m'apprendre, et principa-
lement ceci : c'est qu'il faut n'aimer point pour disposer de soi librement.

Je revis le docteur Marchant peu de temps après.
Madame Marchant était de retour de Bayonne, mais,
au bout de peu d'instants, elle se retira, contrairement
à son habitude, ce qui me laissa croire que le docteur
lui avait demandé de nous laisser seuls.

— Écoute, mon petit, — me dit-il aussitôt, — je ne
voudrais pas que notre conversation de l'autre soir
laissât la moindre gêne entre nous. Mais cela ne se
peut que si tu acceptes que je ne prenne pas au sérieux
ce que tu m'as dit.

Il était assis devant sa table et parlait sans me regarder. La lampe éclairait en plein son beau front ; je
regardais son visage, ses mains, tout son être, et me
demandais : ai-je désir de l'embrasser ? de le serrer
dans mes bras ? d'être enlacée par lui ?... J'étais bien
forcée, en dépit de moi, de me répondre : non. Il prit
un coupe-papier d'ivoire sur la table, en passa le
tranchant sur ses lèvres ; et je ne souhaitai décidément
pas être à la place du coupe-papier. N'importe ! Je
décidai pourtant que j'aimais le docteur. Il reprit :

— Non, pas tout ce que tu m'as dit, peut-être ;
mais la dernière chose... inutile que je précise. Quant
au reste... Écoute un peu, mon petit : il m'est arrivé

souvent, très souvent, dans ma carrière, d'avoir à
m'occuper de pauvres filles qui s'étaient laissé en-
grosser, par faiblesse, par maladresse ou par amour ;
quelques-unes volontairement, et le plus souvent
alors, avec l'espoir bien vain de s'attacher un amant.
Presque toutes beaucoup plus à plaindre que tu ne
sembles le croire. Mais jamais jusqu'à présent, je n'ai
rencontré de femme, de jeune femme, qui songeât
à avoir un enfant sans songer d'abord à l'amour. Un
enfant, c'est la conséquence, souhaitée ou non et pas
inévitable, de quelque chose qui doit compter d'abord
beaucoup plus que l'enfant ; de quelque chose dont
tu as l'air, toi, de ne pas vouloir tenir compte. Pour
ne pas trouver cela monstrueux (et, comme je risquais
un geste, il répéta : oui, monstrueux!) j'ai besoin
de me dire que tu es encore beaucoup trop jeune
pour...

Je l'interrompis.

— Pas trop jeune pour avoir un enfant, tout de
même ?

— Non, parbleu! (J'aurais dû dire : hélas!) Mais
pour parler d'en avoir.

Le docteur s'était levé et avait fait quelques pas
dans la pièce. Il y eut un silence prolongé, que je me
gardai d'interrompre.

— Je voudrais pourtant comprendre ce qui t'attire
reprit-il enfin sur un ton d'agressive ironie en
s'arrêtant devant moi. — Est-ce la grossesse ? Est-ce
l'accouchement ?... Je puis t'affirmer que cela n'a rien
de particulièrement délicieux.

Je me taisais toujours mais, à chacune de ses ques-

tions, remuais la tête en signe de dénégation. Il continuait :

— Est-ce l'enfant lui-même ? Son allaitement ? Le
plaisir de changer les langes ? De jouer à la poupée ?

Les questions du docteur me paraissaient absurdes.
Si raisonnable d'ordinaire on eût dit qu'il perdait la
tête. A vrai dire je n'avais jamais analysé les compo-
santes de ma résolution mais, dans mon cas particulier,
je crois qu'il entrait encore et surtout de la protestation ; oui : de la protestation contre un ordre établi
que je me refusais à reconnaître, contre ce que mon
père appelait « les bonnes mœurs » et, plus spécialement encore, contre lui, qui les symbolisait à mes yeux,
ces « bonnes mœurs » ; un besoin de l'humilier, de le
mortifier, de l'amener à rougir de moi, à me désavouer ;
un besoin d'affirmer mon indépendance, mon insoumission, par un acte que seule une femme pouvait
commettre, dont je prétendais assumer la pleine
responsabilité, sans trop envisager ses conséquences.
Je tâchai, bien confusément, d'expliquer un peu tout
cela à Marchant. Mais les beaux arguments, que je
tenais pour péremptoires tant que je les gardais par-
devers moi, me paraissaient, à mesure que je les
exposais, de plus en plus déplorablement enfantins.
Sans doute ne méritaient-ils qu'un haussement
d'épaules. Je fus presque surprise par le ton conciliant
que Marchant prit pour me dire :

— Écoute, mon petit, pour une femme qui souhaite
la liberté, te rends-tu compte de ce que c'est que
d'avoir la charge d'un enfant ? Quelle dépendance !
Quel esclavage !

Et, comme je ne répondais rien :

— Têtue comme une mule, décidément, — fit-il en haussant les épaules.

— J'espérais de vous, je l'avoue, autre chose qu'une réprimande, — dis-je après un assez long silence.

— Tu espérais quoi ?... Un conseil... Je m'en vais t'en donner un très net : c'est de penser à autre chose.

A ce moment, on entendit ma tante approcher. Sans doute voulait-elle nous avertir, car elle faisait beaucoup plus de bruit qu'il n'était nécessaire, et même, à très haute voix, demanda qu'on lui ouvrît la porte, car elle avait les bras chargés. Craignait-elle donc de nous surprendre ? Du coup, j'interprétai différemment sa continuelle présence durant la leçon du docteur.

Elle apportait sur un plateau des verres et de l'orangeade, que nous bûmes tous trois presque en silence, ou ne disant plus que de ces banales fadaises où je la croyais cantonnée, parce que je m'y cantonnais devant elle.

Je ne voyais plus Gisèle que de loin en loin, je l'ai dit, mais restais extrêmement soucieuse de son opinion ; je lui reparlai de ma résolution.

— Non, je ne la désapprouve pas précisément, — me dit-elle — mais décidément nous différons beaucoup. A cause de toi sans doute, je me suis longuement interrogée. Je crois, vois-tu, que je suis de ces femmes qui ne sont capables que d'un seul amour. Et je me dis : Alors pourquoi ne pas épouser celui que j'aimerai ?

Je repris :

— Quant à moi, je ne puis accepter de me donner toute à quelqu'un. Je me révolte à l'idée de devoir soumettre ma vie à celui qui me rendra mère, et je veux que lui, de son côté, reste libre. N'admets-tu pas qu'au lieu de se donner l'un à l'autre, on se prête ?

— Celui qui se prêterait à ce jeu, pour la femme si plein de conséquence, comment aurais-tu pour lui quelque estime ? — Et, comme je ne répondais rien, elle reprit : — Vois-tu, Geneviève, toutes tes belles théories, la vie se chargera de les bousculer, je le crois... Et ce sera tant mieux, — ajouta-t-elle, en souriant, puis fredonnant à demi-voix :

> *Nous tromper dans nos entreprises*
> *C'est à quoi nous sommes sujets.*
> *Le matin, je fais des projets*
> *Et le long du jour des sottises.*

— C'est de toi, ces jolis vers ?

— Penses-tu ! — dit-elle gaminement. — C'est un petit quatrain de Voltaire que je me répète volontiers et qui pourrait bien te convenir. Ma pauvre Geneviève, un jour tu te laisseras séduire, tout comme une autre, en dépit de tes belles résolutions ; ou, qui pis est, tu croiras découvrir dans ton séducteur une intelligence extraordinaire et des tas de vertus qui n'existeront que dans ton imagination. Tu sais pourtant bien déjà ce que c'est que de s'éprendre et qu'alors l'on n'est plus du tout maître de soi.

— Que veux-tu dire ?

— A présent je crois que, pour toi ni moi, il n'y a plus de danger d'en parler. Tu ne t'es pas rendu compte, n'est-ce pas, que, moi aussi, j'ai été folle de Sara ? Oui, malgré ma belle réputation de sagesse, complètement affolée ; ma seule sagesse était de le laisser moins paraître que toi ; mais je n'en dormais plus. Oh! ne t'alarme pas ; il n'y a jamais rien eu entre nous ; mais, dans ses bras, j'aurais fondu comme du sucre. Heureusement, Sara ne s'en est pas doutée. Si je t'en parle à présent, et avec calme tu le vois, c'est seulement pour te demander : admettant que Sara fût un homme, l'aurais-tu laissée te faire un enfant ?

La confidence de Gisèle m'avait fort émue. Je pris un peu de temps avant de pouvoir répondre, mais avec assurance :

— Non.

— Pourquoi ? — demanda Gisèle, qui ajouta tout aussitôt : — Il est bien entendu que nous mettons ici de côté tout « respect humain », toute pudeur, et toute morale apprise ; mais plus on se dégage de celle-ci, plus il importe je crois d'être exigeant envers soi-même. Tu le penses aussi, n'est-ce pas ?

— Certainement, et, si je me force au cynisme, ce n'est pas du tout, tu le sais, pour m'octroyer plus de plaisir.

— Alors, réponds : pas d'enfant à l'image de Sara... pourquoi ?

— Parce que l'attrait physique est pour moi de moindre importance que certaines qualités de l'intelligence et du cœur, celles précisément que n'a pas Sara ; celles que je reconnais en toi.

- Dommage que je n'aie pas un frère — s'écria-t-elle aussitôt, en riant.

Puis, pour ne rien laisser de douteux entre nous, je lui racontai mes deux conversations avec Marchant. Elle était redevenue très sérieuse.

— Écoute, — me dit-elle, — tu devrais parler de tout cela avec ta mère. Telle que je la connais, elle te comprendra très bien.

— Oui, j'y pense depuis longtemps, et je me promets de lui parler un jour ; un peu plus tard. Mais pas de ce que je viens de te dire du docteur Marchant..

— Pourquoi ?

— Je crois qu'il vaut mieux pas.

Une sorte d'instinct m'avertissait.

C'est à Châtellerault, en octobre 1916, où j'allais revoir ma mère peu de temps avant sa mort, que je pus avoir avec elle cette conversation que je me promettais depuis longtemps. Ainsi que je le dis en quelques mots dans le court avant-propos qui précède le journal de ma mère, paru sous le titre de *L'École des femmes*, ma mère était allée donner ses soins aux contagieux dans un hôpital de l'arrière aussi dangereux dans son genre que le plus exposé des fronts. J'avais voulu d'abord l'accompagner ; elle s'y était refusée. Mais elle accepta que j'aille passer quelques jours auprès d'elle, entre deux services d'ambulance que je m'étais donnés pour tâche. Elle était donc, lorsque je la revis, en costume d'infirmière qu'elle ne quittait plus. L'hôpital était plein de

malades ; par crainte des contagions, ma mère ne
voulut pas m'y laisser entrer. Et comme je protestais
qu'elle y entrait bien :

— Oui, mais nous autres infirmières, nous sommes
immunisées — me dit-elle en riant. — Songe donc !
après cinq mois... — C'était, je l'ai dit, très peu de
jours avant sa mort. Elle me parut très fatiguée par
le surmenage et les veilles ; mais, lorsque je lui dis
qu'elle devrait prendre un peu de repos, elle protesta
qu'elle ne s'était jamais mieux portée que depuis
qu'elle n'avait plus le temps de songer à elle, et qu'il
en était de même pour les soldats. — Et pour toi
aussi, j'en suis sûre, — ajouta-t-elle.

Il est certain que j'allais beaucoup mieux, depuis
que j'étais uniquement occupée par le service des
transports de blessés. Mes troubles, mes inquiétudes
de naguère, m'apparaissaient lointains déjà. Je n'y
pensais plus, ou seulement pour en sourire, et c'est
avec une parfaite tranquillité que je commençai de
parler à ma mère du docteur Marchant.

— Je voudrais savoir ce que tu penses de lui, —
dis-je.

— Mais je pense que c'est un médecin des plus
remarquables et, de plus, un homme excellent.

— Oui, cela c'est ce que tout le monde dit de lui.
Ce que je voudrais, c'est un jugement plus personnel.

Elle resta longtemps sans rien dire, regardant à ses
pieds en souriant. Nous étions dans le jardin public
de la ville. Il faisait très beau ce jour-là, et, malgré la
saison avancée, l'air était presque tiède. Près de nous,
des pigeons qui picoraient le pain qu'un promeneur

leur avait jeté prirent leur vol. Elle me regarda en souriant davantage avec une légère contraction des traits qu'elle ne pouvait maîtriser.

— T'es-tu jamais doutée que j'aimais le docteur Marchant ? — commença-t-elle enfin d'une voix un peu tremblante. — Une telle confession de la part d'une mère, à sa fille, est sans doute bien... — Elle ne trouva pas de mot pour achever sa phrase et continua : — C'est un petit secret que je n'avais dit à personne ; et que je ne t'aurais jamais dit si j'avais à en rougir... Un secret qui ne tire guère à conséquence, puisque je n'ai jamais cherché son amour, à lui... Mais quand j'ai cessé de tenir à l'estime de ton père, c'est-à-dire quand j'ai cessé de l'estimer (je pense qu'ici je ne t'apprends rien)... eh bien, j'ai eu besoin de l'estime du docteur Marchant, et c'est elle qui m'a soutenue dans certaines heures tristes et difficiles.

— Alors, tu ne lui as jamais parlé ? Pourquoi ?... (Elle avait fait non de la tête, mais ne répondit pas au « pourquoi ».) — Et tu es bien sûre qu'il ne s'est douté de rien ?

Elle resta quelques instants silencieuse de nouveau, puis :

— Il y a quelqu'un qui, pourtant, s'est bien douté de quelque chose... C'est sa femme.

— Madame Marchant ?

— Oui : mon amie. Et c'est à cause d'elle que je n'ai jamais rien dit. Je ne voulais pas la faire souffrir.

— Sait-elle au moins ton sacrifice ?

— Mais, Geneviève, il n'y a pas eu de sacrifice. Tout était mieux ainsi.

Avec un peu d'impatience, je demandai de nouveau :

— Es-tu bien sûre que, lui, ne se soit douté de rien ?

Elle cessa de sourire :

— De presque rien. — Elle m'embrassa sur le front, et, souriant de nouveau, avec un geste de la main comme pour chasser ces souvenirs : — Mon cher petit, pourquoi est-ce que je te raconte tout cela aujourd'hui ?... Je te surprends beaucoup ? Tu te souviens que tu t'étais mis dans la tête (je ne sais vraiment pas pourquoi) que j'étais amoureuse de ce pauvre brave Bourgweilsdorf ?

— Oui ; c'était ridicule, mais j'avais besoin d'imaginer que tu aimais quelqu'un d'autre que papa.

— Chut ! — fit-elle, comme en me grondant doucement. — Tu m'as dit des choses terribles ce jour-là.

— Je me souviens seulement que j'étais furieuse, parce que je croyais que tu te sacrifiais pour moi.

— Et quand cela eût été, Geneviève ?... — dit-elle avec une extraordinaire gravité.

— C'est que j'ai horreur des sacrifices.

— Tu parles comme quelqu'un qui n'a pas encore aimé. J'ai un peu froid, marchons. Et puis il va être temps que je retourne à l'hôpital.

Un léger vent commençait de souffler et des feuilles mortes tombèrent.

Nous nous levâmes.

— J'ai quelque chose encore à te raconter — lui dis-je, poussée par une soudaine résolution. Et, tout d'une haleine : — Sais-tu ce qu'un jour j'ai dit au

docteur Marchant?... Que je voulais avoir un enfant
de lui.

Comme repoussée par un choc, je la vis reculer de
deux pas.

— Mais, Geneviève!... — et cela était dit sur un ton
indéfinissable, comme à la fois scandalisée, mais d'une
manière un tout petit peu feinte, inquiète, et un tout
petit peu amusée. Elle ajouta, les lèvres tremblantes :

— Je ne te comprends pas.

— Oui — continuai-je brutalement — que je voulais qu'il me rendît mère.

— Qu'est-ce qui t'avait pris, mon pauvre petit?
— et cette fois sur un ton où le reproche dominait.

— Je ne sais pas. Une idée, comme ça, que j'avais
eue.

— Et... qu'est-ce qu'il t'a répondu? — Cette fois,
c'était l'inquiétude.

— Il m'a dit que je parlais comme une enfant, une
enfant indécente et folle ; qu'il refusait de me prendre
au sérieux, que...

— Que quoi encore?

— Et qu'enfin il ne voulait pas, parce que...

— Parce que quoi? Voyons, ne crains pas de parler.

— Parce qu'il aimait sa femme. Mais je comprends
aujourd'hui, — ajoutai-je en la regardant fixement,
— que ce n'était pas seulement pour cela.

— Peut-être, — dit-elle tout bas.

Il me parut que ses lèvres tremblaient. Ah! combien
plus respectables, plus authentiques surtout, que mes
résolutions égoïstes, m'apparaissaient en ce moment
les délicats sentiments inexprimés de ma mère, du

docteur Marchant, de ma tante même, tous ces fils mystérieux et fragiles tissés secrètement de cœur à cœur, que j'accrochais à mon passage en poussant inconsidérément ma pointe... C'est cela que j'aurais voulu lui dire avant de la quitter. Mais elle mit un doigt non sur ses lèvres mais sur les miennes, en souriant tendrement et avec un regard qui me fit comprendre qu'il n'était pas besoin entre nous de plus de paroles. Alors je la saisis dans mes bras, l'embrassai de toutes mes forces. Elle me dit adieu.

Je ne devais plus la revoir.

DU MÊME AUTEUR

Aux Éditions Gallimard

Poésies

LES CAHIERS ET LES POÉSIES D'ANDRÉ WALTER.

LES NOURRITURES TERRESTRES. — LES NOUVELLES NOURRITURES.

AMYNTAS.

Soties

LES CAVES DU VATICAN.

LE PROMÉTHÉE MAL ENCHAÎNÉ.

PALUDES.

Récits

ISABELLE.

L'ÉCOLE DES FEMMES, *suivi de* ROBERT *et de* GENEVIÈVE.

THÉSÉE.

Roman

LES FAUX-MONNAYEURS.

Divers

LE VOYAGE D'URIEN.

LE RETOUR DE L'ENFANT PRODIGUE.

SI LE GRAIN NE MEURT.

VOYAGE AU CONGO.

LE RETOUR DU TCHAD.

MORCEAUX CHOISIS.

CORYDON.

INCIDENCES.

DIVERS.

JOURNAL DES FAUX-MONNAYEURS.

RETOUR DE L'U.R.S.S.

RETOUCHES À MON RETOUR DE L'U.R.S.S.

PAGES DE JOURNAL 1929-1932.

NOUVELLES PAGES DE JOURNAL.

DÉCOUVRONS HENRI MICHAUX.

JOURNAL 1939-1942.

JOURNAL 1942-1949.

INTERVIEWS IMAGINAIRES.

AINSI SOIT-IL ou LES JEUX SONT FAITS.

LITTÉRATURE ENGAGÉE (*Textes réunis et présentés par Yvonne Davet*).

ŒUVRES COMPLÈTES (*15 vol.*).

DOSTOÏEVSKI.

NE JUGEZ PAS (Souvenirs de la cour d'assises, L'affaire Redureau, La séquestrée de Poitiers).

Théâtre

THÉÂTRE (Saül, Le roi Candaule, Œdipe, Perséphone, Le treizième arbre).

LES CAVES DU VATICAN, *farce d'après la sotie du même auteur*.

LE PROCÈS, *en collaboration avec J.-L. Barrault, d'après le roman de Kafka*.

Correspondance

CORRESPONDANCE AVEC FRANCIS JAMMES (1893-1938). *(Préface et notes de Robert Mallet.)*

CORRESPONDANCE AVEC PAUL CLAUDEL (1899-1926). *(Préface et notes de Robert Mallet.)*

CORRESPONDANCE AVEC PAUL VALÉRY (1890-1942). *(Préface et notes de Robert Mallet.)*

CORRESPONDANCE AVEC ANDRÉ SUARÈS (1908-1920). *(Préface et notes de Sidney D. Braun.)*

CORRESPONDANCE AVEC FRANÇOIS MAURIAC (1912-1950). *(Introduction et notes de Jacqueline Morton — Cahiers André Gide, n° 2.)*

CORRESPONDANCE AVEC ROGER MARTIN DU GARD, I (1913-1934) et II (1935-1951). *(Introduction par Jean Delay.)*

CORRESPONDANCE AVEC HENRI GHÉON (1897-1944), I et II. *(Édition de Jean Tipy ; introduction et notes de Anne-Marie Moulènes et Jean Tipy.)*

CORRESPONDANCE AVEC JACQUES-ÉMILE BLANCHE (1892-1939). *(Présentation et notes par Georges-Paul Collet — Cahiers André Gide, n° 8.)*

CORRESPONDANCE AVEC DOROTHY BUSSY, I (juin 1918-décembre 1924). *(Présentation de Jean Lambert — Cahiers André Gide, n° 9.)*

CORRESPONDANCE AVEC DOROTHY BUSSY, II (janvier 1925-novembre 1936). *(Présentation de Jean Lambert — Cahiers André Gide, n° 10.)*

CORRESPONDANCE AVEC DOROTHY BUSSY, III (janvier 1937-janvier 1951). *(Présentation de Jean Lambert — Cahiers André Gide, n° 11.)*

Impression Bussière à Saint-Amand (Cher),
le 15 juillet 1987.
Dépôt légal : juillet 1987.
1er dépôt légal dans la collection : juillet 1973.
Numéro d'imprimeur : 1733.
ISBN : 2-07-036339-2./Imprimé en France.